제조
빅데이터
활용 전략

제조 빅데이터 활용 전략

지 은 이 김진욱

1판 1쇄 발행 2019년 3월 26일

저작권자 김진욱

발 행 처 하움출판사
발 행 인 문현광
교정교열 성슬기
편 집 곽누리
주 소 광주광역시 남구 대남대로 149번지 19 3층 하움출판사
I S B N 979-11-6440-011-9

홈페이지 http://haum.kr/
이 메 일 haum1000@naver.com

좋은 책을 만들겠습니다.
하움출판사는 독자 여러분의 의견에 항상 귀 기울이고 있습니다.

이 도서의 국립중앙도서관 출판예정도서목록(CIP)은 서지정보유통지원시스템 홈페이지(http://seoji.nl.go.kr)와
국가자료종합목록시스템(http://www.nl.go.kr/kolisnet)에서 이용하실 수 있습니다. (CIP제어번호 : CIP2019010157)

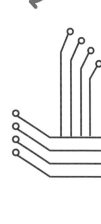

제조
빅데이터
활용 전략

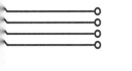

HAUM
하움출판사

프롤로그

요즘 4차 산업 혁명에 관한 소식을 언론을 통해 자주 듣는다. 모든 것이 연결되고 통합되는 기술 혁명인 만큼 4차 산업 혁명이 우리 삶 전반에 많은 변화를 가져올 것임은 틀림없다. 특히 제조업에서는 "Smart Factory" 구축이라는 주제를 중심으로 다양한 형태의 변화를 모색하고 있으며, 이 중 핵심이 데이터와 분석이다.

4차 산업 혁명 시대를 잘 준비하기 위해서는 4차 산업 혁명의 근간인 데이터에 익숙해지고, 그 데이터를 잘 활용할 줄 알아야 한다. 하지만 많은 우리나라 제조 기업들이 아직 데이터를 어떻게 활용할 것인지 답을 찾지 못하고 있으며, 누구도 그 정답이 무엇인지 정확히 알지 못하는 상황인 것 같다. 그럼에도 그 답을 찾아가는 길이 우리가 꼭 가야만 하는 길이고, 언제가 도달해야 하는 목적지라면, 작은 걸음이라도 시작해야 하겠기에 미력이나마 보태고자 이 책을 출간하게 되었다.

제조 빅데이터는 그 데이터의 특성상 매우 간단한 형태이지만, 데이터에 대한 기술적 이해가 어려워 분석이 어렵게 느껴질 수밖에 없고, 분석 데이터 준비를 위해 데이터를 연결하는 과정에서조차 많은 어려움을 겪을 수밖에 없다. 업종에 따라 그 양상 또한 크게 달라 단일한 형태의 Framework을 적용하기도 어렵다. 게다가 기업 혁신을 위해 도입된 6시그마 같은 혁신 프로그램에서는 너무나 단순한 분석만 반복적으로 교육하여 실질적인 활용이 어려웠다. 이런 상황에서 제조 빅데이터 분석을 잘 활용할 수 있는 방법은 실제 제조업 분석 사례를 소개함으로써 각 기업에서 적용 가능한 포인트를 발굴해 나가는 것이라는 생각으로, 여러 가지 제조업의 실제 분석 사례를 소개하였으니 각 기업에 맞는 적용 포인트를 찾는데 도움을 받았으면 하는 마음이다.

제조업 분석 사례 소개 후 분석을 활용한 기업 혁신 전략을 분석 문화와 IT 시스템의 관계로 설명하였고, 결론적으로 Analytics Driven PI(Process Innovation)를 제시하였다. 기본적으로 데이터 품질 확보를 위한 선순환 구조로 Analytics Driven PI의 개념을 설명하지만, 데이터 양과 품질의 확보를 위해 필수적으로 필요한 투자를 효과적으로 이끌어 낼 수 있다는 측면에서 Analytics Driven PI의 가치가 더욱 빛난다는 점을 강조하고 싶다. 그리고 분석 역량이 부족한 기업에서 필연적으로 선택할 수밖에 없는 분석 Pilot Project를 어떻게 진행하느냐에 따라 분석을 통한 기업 혁신의 성패가 정해진다는 점에서, 어떻게 하면 분석 Pilot Project를 성공적으로 수행할 수 있는지를 별도로 제시하였다.

미력이지만 이 작은 노력이 제조 빅데이터 분석 경쟁력을 제고하여 우리나라 제조업 경쟁력이 세계 최고가 되는 그날을 기대해 본다.

contents

제조업과
빅데이터

01

OI
제조업과 빅데이터

┃ 시대의 화두, 빅데이터 분석

요즘 신문 기사나 뉴스에 자주 등장하는 "빅데이터"는 가트너
(Gartner)의 전신인 메타 그룹(Meta Group)의 더그 레니(Doug Laney)가 2001
년 연구 보고서에서 데이터의 급성장에 따른 이슈와 기회를 "데이터
의 양(Volumn)", "데이터의 입출력 속도(Velocity)", "데이터 종류의 다양성
(Variety)"의 3개 차원으로 정의하면서, 최초로 그 개념이 제시되었다. 이
후 빅데이터에 대한 관심은 폭발적으로 커졌는데, 주로 일정한 형태로
존재하지 않아 Database 형태로 보관하기 어려운 텍스트나, 사진, 동영상
등의 비정형 데이터를 어떻게 활용할 수 있을지에 초점이 맞춰져 있다.
이와 같은 데이터는 수많은 개인이 PC나 스마트폰을 통해 생산해 내고
있는데, 개인이 만들어 내는 막대한 양의 데이터를 분석하여 대중의 생
각이나 행동 양식을 파악하려는 목적으로 많이 사용되고 있다. 이런 비
정형 데이터를 분석하여 대중의 생각을 파악하려는 시도는 정부, 기업
할 것 없이 많은 곳에서 다양한 각도로 시도되고 있으며, 기업들은 비정

형 데이터 분석을 통해 요즘 사람들은 어떤 것에 관심이 있는지, 최근 자사가 출시한 제품을 위해 제작한 광고가 얼마나 효과적인지, 또는 어떻게 하면 더 큰 광고 효과를 얻을 수 있을 것인지, 얼마 전 출시한 신제품에 대해 세대별 고객들은 어떤 감정을 가지고 있으며, 고객 센터에 접수되는 제품에 대한 불만이 향후 클레임으로 발전할 가능성은 없는지 등, 기업 활동에 활용할 수 있는 정보를 획득하기 위해 많은 노력을 기울이고 있다.

이러한 비정형 빅데이터 분석은 전통적인 통계학에서와 같이, 정교한 샘플링에 기초하여 모수를 추정하는 방법이 아닌, 막대한 양의 데이터로부터 모수에 가까운 데이터를 직접 분석해낸다는 측면에서 전통적인 통계 분석 결과와 차별성이 있으며, 막대한 양의 데이터를 기반으로 분석한 결과로부터 추정한 결론은 샘플링에 기초한 추정에 비해 그 신뢰도가 상당히 높다는 장점이 있다. 이러한 장점으로 인해 비정형 빅데이터 분석은 분석이라는 영역에 새로운 지평을 여는 혁신적인 방법으로, 미래에 가장 주목할 만한 기술 중 하나로 여겨지고 있다.

앞서 말한 빅데이터를 굳이 "비정형" 빅데이터라고 부른 데에는 비정형에 대비되는 것으로 "정형" 빅데이터를 언급하기 위해서다. 물론 빅데이터를 정의할 때 주로 논의되는 3V(Volumn, Velocity, Variety)를 고려한다면, "정형" 빅데이터라는 말 자체에서 양(Volumn)이나 속도(Velocity) 측면에서는 빅데이터의 조건을 충족할 수 있으나, 다양성(Variety) 측면에서는 그 조건을 충족하지 못하기 때문에 빅데이터가 아니라고 말할 수도 있을 것이다. 애초 빅데이터를 정의한 기준에 비추어 볼 때, "정형"이라는 말 자체가 빅데이터와는 거리가 있는 듯 보인다. 그럼에도 불구하고, "비정형" 빅데이터에 대한 관심이 높아짐에 따라, "정형" 빅데이터에 대한 관심도 높아지고 있으며, "정형" 빅데이터를 가장 많이 가지고 있는 제조업 현장을 중심으로 이에 대한 관심이 고조되고 있다. 여기에 4차 산업 혁명 시대에 제조업이 나아갈 방향으로 생각하고 있는 스마트 팩토리를 구축함에 있어 가장 중요한 축이 공장 정보의 디지털화이며, 정보의 디지털화는 필연적으로 데이터 분석을 전제로 하고 있는 것이기 때문에 스마트 팩토리에 대한 관심과 함께 대표적인 정형 빅데이터인 제조업 빅데이터에도 관심이 쏠리고 있는 것이다.

이런 시점에 빅데이터 분석을 어떻게 제조 현장에서 활용할 수 있으며, 제조 현장에 빅데이터 분석을 적용하기 위해 무엇이 필요한지 명확히 아는 것은 4차 산업 혁명 시대를 준비하는 우리에게 매우 중요한 일임에 틀림이 없다. 이러한 이유로 근래에 우리나라의 제조 현장에서 빅데이터 분석을 적용하려고 노력하는 기업이 많이 생기고 있지만, 제조 현장에 적용 가능한 빅데이터 분석의 특징을 정확하게 파악하지 못하고, 막연히 빅데이터는 다 비슷하겠거니 생각하는 경향이 많은 것 같다.

이러한 잘못된 인식을 기반으로 제조 현장에 빅데이터 분석을 적용할 경우, 많은 어려움에 처할 수밖에 없을 것은 자명하다. 언론이나 학계에서 자주 논의되는 빅데이터와 제조 현장에서 생성되는 빅데이터는 그 성격이 많이 다르며, 분석에 접근하는 방식도 많이 다르다는 점을 인식하고, 보다 실질적이며 효율적으로 제조 현장에 빅데이터 분석을 적용하려는 노력이 필요한 때이다.

| 비정형 빅데이터 분석

제조 빅데이터를 본격적으로 다루기 전에, 먼저 비정형 빅데이터에 대해 이해한 후 이에 대비되는 성격을 갖는 정형 빅데이터인 제조 빅데이터 분석의 성질을 파악하는 것이 빅데이터 분석을 전반적으로 이해하는 데 좋을 것 같다. 이를 위해 먼저 비정형 빅데이터 분석 중 가장 대표적인 분석인 텍스트 데이터 분석에 대해서 간단히 설명해 보고자 한다.

텍스트 데이터 분석을 위해 사용하는 기술은 텍스트로 생성된 비정형 데이터를 분석하고자 하는 핵심 단어(이를 '텍사노미'라고 부른다)로 구분해 내는 과정부터 시작한다. 이를 위해 형태소를 구분하여 필요한 단어와 조사를 구분하고, 조사에 따른 단어의 의미가 어떻게 달라질 수 있는지 정의하는 과정을 거친다. 그렇게 나누어진 단어들을 텍스트로부터 구분해 내는 과정을 거치면, 비정형 데이터가 정형 데이터로 변화하게 된다. 이렇게 비정형 데이터로부터 정형 데이터를 만들어 냈다면, 기존에 잘 알려진 분석 방법을 총동원하여 데이터로부터 의미를 찾아내는 "데이터 마이닝" 과정을 거치게 된다. 다시 말해 우리가 일반적으로 얘기하는 비정형 데이터 분석은 비정형 데이터를 분석하는 별도의 분석 방법이 있는 것이 아니라, 비정형 데이터를 정형 데이터로 변형시킨 다음, 정형 데이터를 분석하는 방법을 사용하는 것이라고 정리할 수 있겠다. 텍스트 같은 비정형 데이터를 분석하는 빅데이터 분석 영역은 비정형 데이터를 정형 데이터로 변환하는 과정을 거친다는 점과 그 데이터 양이 어마어마하게 커서 그동안은 잘 처리하지 못했던 엄청난 양의 데이터를 처리해 낼 수 있다는 것을 제외하면, 예전부터 많은 통계학자들이 연구해 왔던 분석, 그러니까, 처리한 데이터를 해석하는 과정에는 다른 것이 없다고 할 수 있겠다.

데이터를 해석하는 과정이 동일하다고는 하지만, 빅데이터 분석과 기존 통계분석은 극명한 차이가 있는데, 지금부터 기존 통계 분석과 빅데이터 분석의 차이에 대해 얘기해 보자.

빅데이터 분석과 기존 통계 분석의 가장 극명한 차이를 이해하려면, 기존의 통계 분석을 말할 때 빠짐없이 등장하는 모집단의 "추정"이라는 개념에 대해 먼저 이해해야 한다. 가장 쉽게 들 수 있는 예로 대통령이나 국회의원을 뽑는 선거에서 어느 후보가 당선될지 예측하는 여론 조사 과정을 떠올려 보자.

어느 후보가 당선될 지 예측하기 위해 가장 많이 사용되는 방법이 여론 조사다. "이번 선거에 투표를 하신다면, 어떤 후보에게 투표를 하시겠습니까?"와 같은 질문을 면접원이 일부의 유권자에게 전화를 걸어 질문하거나, ARS로 질문에 대한 답을 선택하도록 한다. 그렇게 많이 사용되는 방법은 아니나, 이메일이나 SNS 등을 활용해 유권자의 생각을 듣는 방식도 있을 수 있다. 매우 간단해 보이는 과정 같아 보이지만, 여기에는 굉장히 복잡한 통계적 이론을 기반으로 정확하게 모집단을 추론하기 위한 대상 선정 과정을 포함하고 있고, 이는 그리 간단한 문제가 아니다.

매우 간단해 보이는 문제를 굉장히 어려운 문제라고 하는 이유는 여론 조사를 할 때, 전체 유권자에게 모두 질문을 할 수가 없다는 점 때문에 발생한다. 이는 매우 당연한 것으로, 모든 유권자에게 빠짐없이 질문을 할 수 있다면, 투표는 뭐 하러 하겠는가? 투표라는 과정이 전체 유권자를 대상으로 의견을 물어보는 과정이고, 이를 사전에 예측해 보겠다는 것이니, 어쩌면 그런 어려움은 당연한 듯 보인다. 아무튼 앞서 말한 문제는 전체 유권자에게 질문을 할 수 없어 극히 일부의 유권자에게 질문에 대한 답을 듣고, 그 결과로 전체 유권자의 의사를 추정해야 한다는 점 때문에 발생한다. 즉, "잘" 선택된 "몇 명"에게 질문하여 답을 듣고, 이를 바탕으로 "전체" 의견을 추정해야 하는 것이다. 아마, 뉴스에서 "이번 여론 조사는 신뢰수준 95%에 최대 표본 오차 범위는 ±3.1%입니다."라는 말을 많이 들어봤을 것이다. 여기서 표본 오차라는 것은 전체 인원을 대표하도록 표본을 선택하였지만, 그 표본 선택 과정으로 인해 어쩔 수 없이 오차가 생길 수밖에 없으며, 그때 발생하는 오차가 표본 오차이다. 다시 말해, 오차가 있을 수밖에 없다는 얘기다.

여론 조사란 설문 조사로부터 얻은 소수의 의견(데이터)을 바탕으로 '전체 국민의 의견이 이럴 것이다'라고 추정하는 과정이다. "추정"이라는 단어에서 알 수 있듯이 "설문 조사로부터 얻은 소수의 의견을 기반으로 전체 국민의 의견은 이럴 것이다"라고 말하는 것은 100% 정확한 것일 수 없다. 그러므로, 그 부정확성을 숫자로 표현하기 위해 신뢰수준과 최대 표본 오차라는 숫자를 제시하는 것이다. 다시 말해, 어떠한 편향성도 없이, 전체 의견을 대표할 수 있도록 잘 설계된 설문조사를 하더라도, 어쩔 수 없이 생기는 부정확성이 존재할 수밖에 없고, 그것이 해당 설문조사가 원하는 신뢰수준에서 표본 오차라는 것으로 표현된다고 보면 되겠다.

하지만, 발전된 IT 기술로 인해 언제 어디서든 자신의 의견을 SNS나 인터넷 포털 사이트의 게시판, 블로그 등에 남기는 것이 일상이 되어버린 현대 사회에서 이런 어려운 설문 조사만이 전체 국민의 의견을 추정하는 유일한 방법인가 하는 의문이 든다. 2012년 미국 대선에서 오바마 대통령이 당선된 결과를 예측한 것이나, 2016년 트럼프 대통령이 당선된 결과 예측을 보면, 이러한 변화가 가능하다는 생각이 틀리지 않았음은 이미 증명된 것 같다.

2012년 미국 대선은 재선을 노리는 민주당 오바마 대통령과 공화당 롬니의 대결이었다. 아래 여론 조사 결과에서 볼 수 있듯이, 초반에는 당시 현역 대통령인 오바마가 앞서가는 추세였다. 하지만, 후보들의 1차 토론회 이후의 여론 조사 결과는 혼전 양상인 것으로 나타났으며, 민주당과 오바마 대통령을 지지하는 사람들을 불안하게 만들었다. 하지만, 여론 조사 결과가 박빙으로 나온 시점에도 오바마 캠프에서는 이상하리만큼 여론 조사 결과에 대해 그리 많이 신경 쓰지 않는 분위기가 역력했다고 한다. 언론들은 오바마 캠프의 안이함을 비판하는 기사를 쏟아냈고, 그런 분위기 속에서 미국 대선 결과가 나왔을 때, 모든 언론과 여론 조사 기관들은 믿을 수 없는 결과에 놀라지 않을 수 없었다. 박빙이라던 여론 조사의 결과와는 다르게 전체 선거인단 득표율이 59:41, 오바마의 압승으로 나타났기 때문이다.

모든 선거 캠프가 그렇듯, 오바마 대통령 선거 캠프에서도 선거 결과에 대해 지속적으로 여론 동향을 조사하고, 그 추이를 관찰하고 있었는데, 특히 오바마 캠프에서 주목한 것은 유권자 개인이 인터넷에 나타내는 선거 관련 의견이었고, 이에 대한 빅데이터 분석을 통해 여론 조사 결과와는 다르게 오바마가 선거에서 크게 이길 것이라는 결과를 예상하고 있었던 것이다.

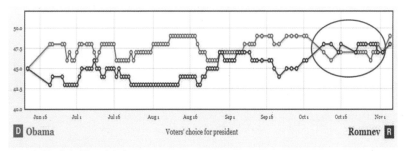

2012년 미국 대선 여론 조사 추이

　여기에서 빅데이터만 갖는 유일한 특징을 규정할 수 있다. 빅데이터를 분석한다는 것의 장점을 한 문장으로 정리하자면, 막대한 양의 데이터를 자유롭게 다룰 수 있는 IT 환경에서 모집단의 수와 비등한 수준의 데이터로부터 샘플링에 따른 오차 범위를 걱정하지 않고 결과를 분석해 낼 수 있다는 것으로 정리할 수 있을 것 같다.

　다시 말해, 요즘 많이 논의되고 있는 빅데이터 분석과 기존 통계 분석의 차이는 표본의 크기에 있다고 할 수 있겠다. 기존 통계 분석에서는 정해진 시간 내에 필요한 정보를 얻기 위해 데이터의 양을 포기할 수밖에 없었다면, 빅데이터 분석에서는 막대한 양의 SNS, 블로그, 게시판에 남겨 놓은 의견 정보들을 수집하여, 이로부터 모집단에 비견할 만한 크기의 데이터를 수집함으로써, 모집단 전체의 의견을 수집한 듯한 효과를 내고 있다는 점이 다른 것이다.

　다르게 말하면, 기존 통계 분석에서는 데이터 수집 측면에서 가능한 수준의 표본을 추출하여 적당한 수준의 오차 범위 내에서 모수를 추정하는 것이라면, 빅데이터 분석에서는 모수에 가까운 정도의 막대한 크기의 표본으로부터 매우 낮은 오차 범위 내에서 모수를 추정하는 것이다. 이 점을 제외하면, 기본 통계 분석과 빅데이터 분석은 다른 점이 없다고 말할 수 있다. 표본 조사에서 특정 후보에게 호의적인 의견을 보인 사람이 많으면 그 후보에게 호의적인 의견을 보인 사람이 많다고 판단하고, 비호감을 표현한 사람이 많으면 비호감이 많은 것으로 판단하듯, 빅데이터 분석도 호의적인 의견을 보인 사람이 많으면 호의적이라고 판단하고, 비호감 의견이 많으면 비호감이 많다고 본다. 단지, 빅데이터 분석에서는 일부 표본을 추출하여 조사하는 방식에 비해, 표본 개수가 너무 많아서 모집단에 근사한 정도의 정확성이 있다는 것이 다를 뿐이다. 일부 표본을 추출하여 여론을 조사, 분석하는 방식과 빅데이터를 분석하는 방법 자체에는 차이가 없는 것이다.

빅데이터 분석도 기존 통계 분석에서 사용하고 있는 분석 방법을 그대로 사용한다. 분석하는 방법을 데이터를 바라보는 방식이라고 표현한다면, 빅데이터 분석도 기존 통계 분석과 데이터를 바라보는 방식은 동일하다는 것이다. 단지, 데이터의 수가 다를 뿐이어서, 표본을 추출하는 과정이 좀 다를 뿐이다.

ㅣ 빅데이터와 제조업

우리 주변에는 많은 형태의 데이터가 존재한다. 그중 앞에서 언급한 비정형 빅데이터만을 "빅데이터"라고 불러야 하는가 하는 의문이 든다. 다른 형태의 데이터도 그동안 잘 수집할 수 없어 분석에 포함시키지 못했던 데이터가 있다면, 이 또한 빅데이터로 불러야 하지 않을까 생각한다. 한 제조업 회사의 예를 통해 비정형 빅데이터가 아닌 다른 형태의 빅데이터에 대해 알아 보자.

많은 제조업 회사들이 제품을 생산하기 위해 로봇 같은 자동화 기계를 사용하거나, 자동 제어 시스템으로 설비를 제어하고 있다. 각각의 생산 시스템은 자동 제어를 위해 제어기에 의해 설비와 제품의 물류가 제어되고 있으며, 제어기는 정확한 제어를 위해 해당 제어기가 제어하고 있는 설비의 상태 정보를 실시간으로 모니터링하고 있다. 물론 그모든 정보를 사람이 모니터링 할 필요가 없다고 생각하여, HMI(Human Machine Interface)를 통해 모니터링 할 수 있도록 시스템을 구축해 놓지 않아 그런 정보가 있는지도 잘 모르는 분들도 있겠으나, 제어에 필요한 많은 정보가 제어기에 의해 모니터링 되고 있다는 것은 어김없는 사실이다. 그리고, 이런 데이터의 경우 엄청난 속도로 데이터가 생성된다. PLC(Progrmmable Logic Controller)를 사용하여 설비를 제어하는 경우 최소 수십 ms(millisecond, 1/1000초) 단위로는 제어 대상의 상태를 모니터링하고 있으며, 조금 성능이 좋은 PLC의 경우 수 ms 단위로 설비를 모니터링한다.

PLC와는 다른 형태의 대표적인 제어기로 상대적으로 방대한 영역을 한꺼번에 제어하는 DCS(Distributed Control System)가 있는데, PLC보다 넓은 영역을 한꺼번에 제어하다 보니 상대적으로 넓은 시간 간격으로 설비의 상태를 모니터링 하고 있지만, 이 또한 최소 수백 ms 단위로는 설비 상태의 모니터링 하고 있다.

이렇듯 설비를 통제하기 위한 제어기들은 상당히 촘촘한 시간 간격으로 설비 상태를 모니터링은 하고 있지만, 제어기가 모니터링하고 있는 단위와 동일 또는 유사한 속도로 데이터를 수집하는 기업은 별로 없다. 혹시 전 세계적으로 보면, 특정 영역에 대해 시범적으로 제어기가 모니터링 하는 간격과 동일한 간격으로 데이터를 수집하는 곳이 있을 수도 있겠으나, 네트워크, 데이터 저장 속도 등의 문제로 수집 가능한 극한의 데이터를 모두 수집하는 기업은 거의 없다고 보는 것이 타당할 것 같다. 제어기가 모니터링 하는 단위의 데이터는 고사하고, 그런 종류의 데이터 수집 자체를 하지 않는 경우도 많고, 수집을 하더라도 제어기가 모니터링 하고 있는 데이터 간격에 비해 상당히 넓은 간격으로 소량의 데이터만 수집하고 있는 경우가 대부분이다.

　대표적인 자동화 설비인 로봇을 사용하고 있는 자동차 제조 공정 중 한 공정을 예로 구체적인 사례를 들어 설명해 보도록 하겠다. 자동차 제조 공정은 크게 프레스, 차체, 도장, 의장 공정 등 네 부분으로 나뉜다. 이 중 차체 공정은 자동차의 뼈대를 만드는 공정으로, 매우 무거운 자재를 다루면서도 반복적으로 동일한 동작을 해야 하는 과정이므로 사람의 관여 없이 전 과정에서 로봇에 의해 제품을 생산하게 된다. 필자가 경험한 자동차 제조 회사의 경우에는 차체 공정을 진행하는 1개 라인에 대략 300대 정도의 로봇이 차체 공정에 사용되고 있었는데, 그 로봇은 일반적인 제어기가 아닌 로봇 제조 업체에서 자체 개발한 제어기를 사용하고 있었고, 그 제어기는 100ms 단위로 로봇의 상태(**주로 모니터링 하는 대상은 로봇이 움직일 수 있도록 구동력을 제공하는 모터의 상태**)를 모니터링하고 있었다. 그러나, 제어기는 100ms 단위로 로봇의 상태를 모니터링하고 있음에도 불구하고, 데이터의 수집은 전류나 토크 등 일부 상태 정보에 대해서만 10초 단위로 데이터를 수집하는 시스템이 전부였고, 이 시스템을 통해 로봇의 구동을 책임지는 모터에 설계상 반영된 전류(**정격 전류**) 대비 어느 정도의 전류가 흐르고 있는지 모니터링 하기 위해서만 데이터를 수집하는 정도였다.

제어기는 100ms 단위로 설비 상태를 모니터링 하는데, 데이터 수집은 10초 단위로만 수집하고 있다면, 충분히 데이터를 수집하고 있는 것일까? 제어기가 100ms 단위로 설비를 모니터링하고 있다면, 정확히 무엇 때문인지는 몰라도 그 정도의 간격으로 설비 상태를 파악해야 원하는 수준의 설비 제어가 가능하다고 판단하여, 100ms 단위로 설비를 모니터링하고 있다고 생각하는 것이 타당할 것이다. 100ms 단위로 상태 파악이 필요 없다면, 굳이 설비 상태를 파악하기 위해 100ms 단위로 제어기에 데이터를 보낼 필요 자체가 없었을 것이기 때문이다. 그렇다면, 왜 설비 제어기에서 설비 상태를 파악하는 간격과 데이터 수집 간격이 다른가 라는 의문이 생길 수밖에 없다.

반면에, 기업에서 '투자'라는 과정을 한 번이라도 수행해 본 직장인 입장에서 보면, 이는 굉장히 바보 같은 질문이라고 생각할 수 있을 것 같다. 제어기가 설비를 제어하기 위해서는 100ms 간격으로 설비 상태를 파악해야 하지만, 그만큼의 데이터를 수집하기 위해 필요한 노력과 비용 대비 그 효용이 없을 것이라고 판단하여 10초 간격으로만 데이터를 수집하는 것으로 결정했을 것이기 때문이다. 기업에서 투자 대비 타당성(ROI : Return Of Income)을 고려할 때, 투자를 결정했을 당시 판단으로는 너무도 당연한 일이라고 생각할 수 있을 것이기 때문이다.

그렇다면, 제어기는 100ms 단위로 설비 상태를 모니터링 하는데 반해, 사람이 설비 상태를 모니터링 하기 위해 수집하는 데이터는 10초 간격인 것이 현재의 기준에서도 타당하며 당연한 일인가?

앞서 예로 든 자동차 회사에서 로봇 상태 모니터링을 위해 데이터를 수집하는 시스템을 만들었을 당시, 10초 단위로 데이터를 수집하겠다는 의사결정은 당연한 일이었을 것이다. 해당 시스템을 구축할 당시 생각했던 시스템 구축 목적에 부합한다고 판단해서 내린 결론이었을 것이기 때문이다. 로봇 상태 모니터링을 위해서 가장 중요한 부분은 모터이고, 모터에 가해지는 전류가 정격 전류 대비 높은 상태로 장시간 가해지면, 모터에 무리가 갈 것이고, 이는 고장으로 이어지기 좋은 환경이라고 생각할 수 있으므로 전류값을 모니터링 하기로 결정했을 것이다. 그래서 전류값을 수집하려고 하니, 네트워크, 데이터 베이스의 데이터 저장 속도 등을 고려했을 때, 10초 간격보다 좁은 간격으로 데이터를 수집할 경우 데이터 수집을 위해 너무 많은 비용이 발생한다고 판단하였을 것이고, 당시의 네트워크 상태나 데이터 수집 속도를 감안한 데이터 저장소의 크기, 데이터 서비스 속도 등을 감안하여 가장 적정하다고 판단되는 수준인 10초 간격으로 데이터를 수집하였을 것이다.

그런데, 이 의사결정 상황을 조금만 더 자세히 들여다 보면 조금 이상한 점을 발견할 수 있다. 로봇에 적정한 전류 대비 과도한 전류가 흐르고 있는 것을 알기 위해 10초 간격의 데이터면 충분했냐 하는 점이다. 로봇이라는 설비는 복잡한 동작을 하기 위해 여러 개의 모터가 복잡한 형태로 구동하게 되는데, 10초라는 일정 간격으로 데이터를 수집하면, 전류가 많이 들어갈 시점에 데이터를 수집할 수도 있고, 전류가 적게 들어갈 시점에 수집할 수도 있게 된다. 그러니, 모터 구동을 위해서 과도한 전류가 사용되는지 확인하기 위해서는 특정 기간 동안의 최대 전류가 얼마인지 정도만 파악하고 있으면 될 것이다. 하지만, 이 또한 과도

한 전류가 가해졌는지 정확히 알 수 있는 상황은 아니다. 전류는 그 특성상 상당한 변화를 보이는 값이므로, 순간적인 과전류보다는 과전류가 얼마나 오랜 시간 가해졌는지도 매우 중요하다. 그러니, 특정 기간 동안의 최대 전류가 얼마라는 것만으로는 과전류로 인한 모터의 고장과 직접적인 연관성을 찾는 것이 매우 어려울 수밖에 없다.

그렇다면, 당연히 최대 전류가 얼마나 오랫동안 가해졌는지 확인해야 하므로, 정확한 측정을 위해서는 수집할 수 있는 가장 짧은 간격의 데이터를 수집해야 전류값과 전류가 가해진 시간을 동시에 알 수 있고, 그래야 로봇 상태 모니터링 시스템의 목적에 부합할 수 있다는 결론이 나온다. 정리해서 말하자면, 10초 간격의 전류값을 모니터링 해서는 로봇 상태를 정확히 알 수 없고, 고장 날 것인지 여부를 알 수도 없다는 결론에 도달한다.

게다가 해당 기업의 차체 공정 생산 속도는 60 UPH(Unit Per Hour)를 상회하는 정도로, 대략 1분보다 짧은 시간 내에 제품 하나가 생산되는 속도로 운영하고 있는 공정이다. 이 정도 생산 속도를 맞추기 위해 로봇들은 1분보다 짧은 시간 내에 모든 작업을 완료해야 한다. 다음 단계로 이동하는 시간까지 감안하면, 로봇 1대가 작업하는 시간은 대략 20~40초 이내일 수밖에 없다. 이런 상황에서 10초 간격으로 데이터가 수집되는 상황이라면, 동일 작업을 반복하는 1사이클의 동작 동안 고작 2~4개 데이터만 수집된다는 의미이다. 나중에 분석 과정 중에 알게 된 사실이지만, 차체공정에서 사용하고 있는 로봇들은 개별 로봇의 동작을 제어하는 단계가 대략 수십 개의 단위로 구분하여 제어하고 있었으며, (제어기에 도달하는 데이터인 100ms 단위로 데이터를 보았을 때조차, 이 단계를 모두 표현할 수 없을 정도로 많은 제어 과정이 있었음) 수십 개의 제어 단계와 공정의 사이클 타임을 감안할 때, 10초 간격의 데이터 수집이 얼마나 적은 수의 데이터만 수집하고 있는 것인지 쉽게 이해할 수 있을 것이다.

제조업에서 자주 발생하는 이와 같은 현상, 즉, 우리가 데이터를 수집할 수 있는 최소 간격에 비해 터무니 없이 넓은 간격으로만 데이터를 수집하고 있는 제조업 회사의 현실을 비정형 데이터의 빅데이터 분석과 비교해 생각해 보자.

앞에서 논의한 비정형 빅데이터 분석과 제어 시스템이 모니터링 하는 간격과 동일하게 데이터를 수집하여 분석하는 경우는 두 경우 모두, 수집할 수 있는 데이터 중 모집단에 가장 가까운 많은 데이터를 수집하여 분석하는 과정이므로 매우 흡사하다고 할 수 있겠다. 하지만, 설문조사를 위해 설문 조사의 대상을 선정하여 모집단을 추정하는 경우와 넓은 간격으로만 데이터를 수집하는 제조업의 현실은 비슷한 것 같으면서도 상당히 다르다. 설문 조사의 경우와 같이 소수의 데이터로 모집단의 경향을 추정하는 경우, 설문 조사 결과의 편향성을 제거하여, 모집단의 경향을 오차 없이 파악하기 위해 정교한 샘플링 과정을 반드시 거친다. 이 과정이 없으면, 설문 조사의 결과는 신뢰를 담보할 수 없다. 최근 몇 년 동안 선거 결과를 예측하기 위해 여러 여론 조사 기관에서 조사한 결과가 실제 결과와 많이 다른 결과를 보인 적이 있다. 그 당시 특정 여론 조사 회사에서 예측한 결과만이 타 기관 대비 상당한 정확성을 보였는데, 그 정확성의 근원은 바로 샘플링 방법의 차이였다. 많은 여론 조사 기관들이 기존의 유선전화를 기반으로 설문을 한 데 비해, 해당 기관은 유선전화와 무선전화 혼용 방식을 사용하였던 것이다. 이는 유선전화의 무작위 추출을 통해 모집단과 유사한 대표 샘플이 가능했던 과거와 달리, 휴대전화 보급과 유선전화 사용자들의 연령 편중 현상으로 인해 더 이상 유선전화의 무작위 추출만으로는 모집단을 대표할 수 있는 샘플 구성이 불가능했기 때문이다. 이처럼 소수의 데이터만으로 모집단을 추정하기 위해서는 정교한 샘플링 방법이 필수적이다.

그런데, 넓은 간격으로 소수의 데이터만 수집하는 제조업의 경우는 어떤가? 10초 간격으로 데이터를 수집하고 있었던 로봇 모니터링 시스템의 경우 데이터를 수집하는 간격이 충분히 모집단을 대표할 수 있도록 정교하게 샘플링 된 것인가에 의문이 든다. 로봇마다 각각 다른 동작으로 작동하고, 그 상이한 동작으로 인해 로봇 동작을 대표하는 데이터를 수집하기 위해서는 단순히 같은 간격으로 데이터를 수집하는 것만으로 정교한 샘플링이 될 리가 없다. 정교한 샘플링이 가능하지 않은 상황에서 제어 시스템이 모니터링하고 있는 간격에 비해 상당히 넓은 간격으로 소수 데이터만 수집하여 분석 결과를 도출한다면, 이는 왜곡된 데이터를 가지고 분석한 결과이므로 그 결과를 믿을 수 없게 될 것이다.

이런 관점에서 제조업의 빅데이터를 고려할 때 상당히 분명해 보이는 것이 하나 있다. 제조업 설비에서 생성되는 데이터를 활용하여 분석하고자 할 때, 그 데이터 수집 간격이 매우 중요하다는 점이다. 가능하다면 제어 시스템이 설비를 모니터링하고 있는 것과 동일한 간격으로 데이터를 수집하는 것이 좋겠으나, 수집해야 하는 데이터 양과 네트워크 성능을 감안할 때, 제어 시스템이 모니터링 하는 간격과 동등한 간격으로 수집하는 것이 불가능하다면, 현실적으로 어느 정도 간격으로 데이터를 수집할 수 있는지 따져봐야 한다. 현재 수준에서 어느 정도 간격으로 데이터를 수집하면 충분할지 고려하는 것도 필요하겠지만, 동시에 앞으로 데이터 수집 간격을 줄여야 하는 필요가 발생했을 때, 대응이 가능한지 여부도 매우 중요하다. 당장 투자비를 아끼기 위해 현재 필요한 수준의 데이터 수집 속도만 고려하여 시스템을 구축하고 나면, 향후 데이터 수집 속도 향상을 위해 별도의 시스템을 구축해야 하는 상황에 직면하게 될 수 있기 때문이다. 초기에 설정한 데이터 간격을 줄이기 위해서는 별도의 시스템을 구성해야 하는 경우가 대부분이기 때문에 단순히 데이터 간격만을 줄이기 위해, 초기 투자비에 비해 훨씬 많은 투자비용을 지불해야 할 수도 있는 것이다. 이런 많은 비용으로 인해 데이터 수집 간격을 줄이기 위한 투자 자체를 못하는 경우가 발생하고, 결국 데이터 수집 속도를 높이는 것 자체를 할 수 없게 되기 때문이다. 데이터 수집과 관련해서는 한 번 결정한 사항을 바꾸기 위해 시스템을 바꾸는 수준의 막대한 투자가 동반되어야 하는 경우가 대부분이므로, 새로운 공장을 짓는 경우와 같이 시스템 구축을 위해 처음 의사결정을 해야 하는 시점부터 이 부분을 신중하게 고려하는 것이 매우 중요하다 할 수 있겠다.

인류가 기차 선로를 처음 놓았을 때, 여러 크기의 궤간(기차가 달리는 두 선로 간의 간격)이 존재하다가 1,435mm 크기의 표준 궤간을 결정하여 현재까지 사용함으로써, 기차로 이송할 수밖에 없는 인공위성 발사체의 크기가 그 표준 궤간의 크기로 결정되었다고 한다. 이 같이, 어떤 시스템 도입 시 결정한 데이터 수집 간격으로 인해 미래를 위한 핵심 경쟁력 확보가 방해 받는 중대한 결과를 초래할 수도 있다는 점을 명심해야 한다.

┃ 제조 현장에 불어닥친 바람 - 빅데이터, 스마트 팩토리

앞서 언급하였듯이, 빅데이터에 대한 관심은 IT 회사를 넘어 제조 회사로 확장되기 시작했다. 국내 많은 기업들이 자사 제품에 대한 고객 동향을 실시간으로 파악하기 위해 비정형 데이터 분석을 위한 플랫폼을 구축하고 있고, 이제는 비정형 데이터 분석을 넘어 제품 생산을 위한 생산 프로세스에도 적용하려는 움직임으로 이어지고 있다. 물론 생산 프로세스에서 만들어지는 데이터는 데이터의 크기 면에서는 빅데이터라 할 수 있을 정도로 충분히 크지만, 센서 정보나 생산 실적, 품질 정보와 같이 Database에 저장되어 있는 정형 데이터가 대부분을 차지하고 있어, 다양성(Variety)이라는 측면에서 볼 때 위에서 언급한 비정형 빅데이터와는 엄연히 다른 분야로 봐야 한다는 점도 앞서 언급하였다. 그러나, 일반적인 의미로써의 빅데이터에 대한 관심과 함께 제조 현장에 있는 정형 빅데이터에도 관심이 높아지고 있는 것은 엄연한 현실이다. 이미 여러 회사들이 조직 내부에 분석 역량을 확보하기 위한 노력으로 사내 분석 전문가 조직을 만들고 있으며, IT 기업들은 분석 전문 조직을 만들어 분석 서비스를 제공하는 사업을 위해 노력하고 있다는 점이 이를 간접적으로 증명하는 현상이 아닐까 생각한다.

또 한 가지 제조업에서 관심을 갖고 있는 트렌드 중 하나가 "스마트 팩토리"이다. 산업의 성격에 따라 "스마트 팩토리"라 부르거나, 또는 "스마트 플랜트"라고도 부르고 있지만, 산업의 성격에 따라 약간의 이름이 다를 뿐 근본적으로는 같은 개념이라고 생각되어 "스마트 팩토리"로 통칭하려 한다.

스마트 팩토리가 무엇이냐고 물을 때, 한마디로 정의하기가 매우 어려워 종종 애를 먹곤 한다. 어떤 분들은 스마트 팩토리를 공정 자동화로 이해하는 분들도 있고, 어떤 분들은 생산 과정에서 발생하는 데이터를 잘 수집하는 것으로 생각하시는 분들도 있으며, 또 어떤 분들은 그동안 측정하지 못했던 새로운 영역의 데이터를 잘 수집할 수 있도록 여러 가지 첨단 기술을 제조 과정이나 그 과정을 관리하는 프로세스에 적용하는 것으로 생각하시는 분들도 있는 것 같다.

현재로써는 어떤 것이 스마트 팩토리의 정확한 정의라고 말할 수 없으며, 현 수준에서 얘기하자면 모두 맞는 말이라고 애매하게 대답할 수밖에 없을 것 같다. 스마트 팩토리와 관련된 컨설팅 프로젝트에 참여하면서 필자가 느낀 점 중 하나는 스마트 팩토리의 개념을 산업에 따라 크게 다르게 느끼고 있을 뿐 아니라, 동종 산업 내에서도 기업별로 다르게 받아들여지고 있는 것 같다는 것이다. 스마트 팩토리의 정의에 대해서는 사람마다 의견이 분분하지만, 그렇다고 모든 부분에서 서로 의견이 다른 것은 아니어서, 그런 와중에 공통적으로 스마트 팩토리에 포함되는 영역이 몇 가지가 있다. 그중 빠지지 않는 것이 바로 데이터 통합과 분석이다. 스마트 팩토리를 자동화로 이해하는 분들도, IoT 센서를 많이 적용하는 것으로 이해하는 분들도, AI나 머신러닝 등을 이용한 새로운 형태의 데이터 활용으로 이해하는 분들도 공통의 키워드로 데이터를 생각하고 있기 때문이다. 자동화를 위해서는 데이터를 통해 자동화 설비가 통제되면서 동시에 자동화 설비의 상태가 모니터링 되어야 하고, IoT 센서는 데이터를 생성하기 위한 장비이며, AI나 머신러닝은 데이터 분석 기법으로, 데이터를 활용하기 위한 방법이다. 그러므로, 이들은 모두 데이터 분석과 관련된 항목이라 할 수 있겠다.

또한, 데이터 분석의 효율성을 높이기 위해서는 데이터를 사용하고자 하는 다수의 구성원들이 단일 접속 루트를 통해 데이터에 접근하여 활용할 수 있도록 통합된 형태의 데이터가 필요할 수밖에 없다. 그러니 자연스럽게 스마트 팩토리를 정의할 때, 데이터 통합과 분석이 빠지지 않고 등장하는 것이다.

이렇듯 스마트 팩토리를 정의함에 있어 가장 중요한 요소로 꼽을 수 있는 것이 데이터 통합과 분석이라고 할 수 있겠다. 하지만, 데이터를 통합하는 것도 분석을 효율적으로 하려는 것이 목적이므로 데이터 통합과 분석 중 하나를 선택하라면, 당연히 데이터 분석을 꼽아야 할 것이다. 이러한 이유로 스마트 팩토리를 고민하는 대부분의 기업들이 데이터 분석을 함께 고민하고 있는 것이다. 데이터 분석을 위한 최적의 IT 인프라를 어떻게 구성해야 하는지 검토하기도 하고, 기업 구성원의 분석 역량을 확보하기 위해 데이터 분석 교육을 진행하기도 하며, 데이터 분석을 전담하는 분석 전문가 조직을 구성하기도 한다. 이 모든 활동은 스마트 팩토리 구축을 위한 데이터 분석 측면의 다각적인 노력이라 할 수 있을 것이다.

스마트 팩토리 구축을 위한 기업들의 움직임은 모두 생산 공정을 "스마트"하게 바꾸고, 근로자들이 "스마트"하게 일할 수 있는 환경을 구축하기 위한 노력이다. 이는 모든 기업들이 추구해야 할 혁신 방향이며, 이런 시기를 살고 있는 기업과 직장인들에게 있어, "스마트"한 생산공정과 "스마트"한 업무 환경을 만들어 가는 과정은 점점 필수 요소가 되어가고 있다. 이런 시기에 스마트 팩토리에서 가장 중요한 요소 중 하나인 제조 빅데이터를 어떤 시각으로 바라봐야 하고, 제조 빅데이터 분석을 위한 시스템은 어떻게 구축해야 하는지, 그리고, 제조 빅데이터 시스템 구축을 위해 무엇을 준비해야 하고, 어떤 방향으로 기업의 혁신을 유도할 것인지 고민해야 하는 것은 너무도 당연한 일이 되었다. 스마트 팩토리, 빅데이터 분석 및 시스템 구축은 선택이 아닌 생존을 위한 필수적 요소가 되어가고 있기 때문이다.

이처럼 생존을 위해 필수적인 스마트 팩토리, 빅데이터 분석 및 시스템 구축을 위해 많은 기업들이 노력하고 있지만, 모든 기업들이 성공을 거두고 있는 것은 아니다. 어떤 기업은 빅데이터 분석을 해야 한다고 열심히 구호를 외치고 있으나, 여러 가지 제약 조건을 극복하지 못해 실질적 행동으로 이어지지 못하고 있는 경우도 있으며, 또 어떤 기업은 어렵게 빅데이터 분석을 시작하였으나, 한두 차례 시도에서 성공을 거두지 못하고 빅데이터 활용 자체에 회의를 품는 경우도 있다. 또 어떤 기업은 빅데이터 활용이라는 거창한 구호는 없지만, 자연스럽게 제조 빅데이터를 활용하여 생산성을 높이고 있으면서, 더 많은 데이터를 어떻게 수집하여 효율적으로 활용할지 고민하고 있는 경우도 있다. 왜 이런 차이가 발생하는 것일까? 왜 제조 빅데이터 분석을 자연스럽게 잘 활용하기는 기업이 있는 반면, 어려워하는 기업이 있는 것일까?

이 질문에 대한 답을 찾고 제조 빅데이터 분석을 통해 성공적으로 제조 혁신을 유도하기 위해서는 먼저, 왜 제조 빅데이터 분석이 어려운지 파악하고, 그에 대한 해결책을 강구해야 한다.

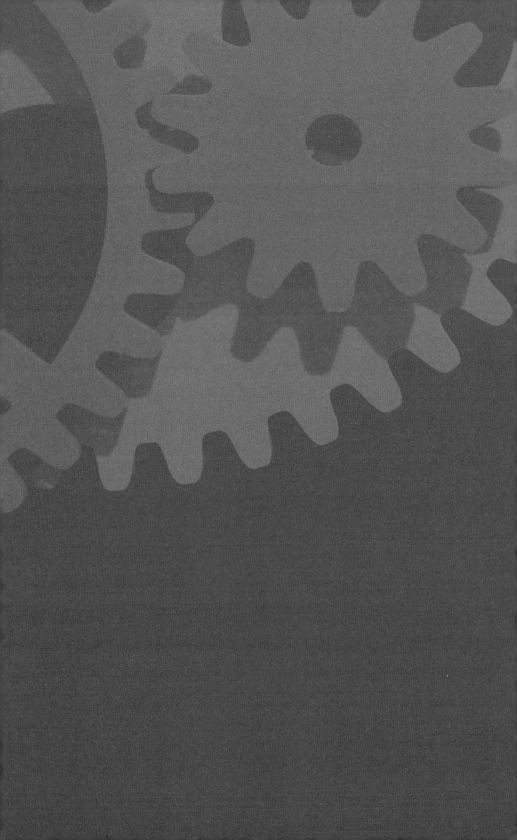

제조 빅데이터 분석이
어려운 이유

02

02
제조 빅데이터 분석이 어려운 이유

제조 빅데이터 분석에 대한 관심이 높아지면서, 많은 기업들이 제조 빅데이터 분석을 통해 혁신을 유도하고자 노력을 하고 있지만, 아직 많은 기업들이 제조 빅데이터 분석에 어려움을 겪고 있는 것이 사실이고, 이러한 어려움을 극복하지 못한다면, 제조업에서 빅데이터를 활용한 혁신을 달성하는 것은 요원한 일이 아닐 수 없다.

기업들이 제조 빅데이터 분석을 실행함에 있어 느끼는 어려움은 어떤 것이 있으며, 그 원인에 대해 고민해 보고 나아가 그 해결책을 모색해 보고자 한다.

ㅣ 6시그마, 그 성공과 실패

제조 빅데이터의 어려움을 말하기에 앞서 6시그마에 대해 몇 가지 얘기해 보려고 한다. 제조 빅데이터 얘기를 하다가 갑자기 6시그마로

화제를 돌리는 것이 이상하다고 생각할지 모르겠으나, 6시그마 혁신 활동을 통해 처음으로 제조업에서 의미 있는 대규모 분석 활동이 시작되었다는 점을 감안할 때, 6시그마에서 어떻게 데이터 분석을 다루었고 어떤 한계가 있었는지 살펴 보는 것은 제조 빅데이터 수행에서 어려움을 겪는 이유를 이해하는데 꼭 필요할 것으로 생각한다.

1990년대 후반 한국에 도입된 6시그마는 2000년대 초 기업을 혁신하는 가장 훌륭한 방법론으로 각광을 받으며, 많은 기업들이 6시그마를 혁신의 방법론으로 도입하였고, 많은 임직원들에게 6시그마 과제 수행을 위해 필요한 많은 기법들을 교육하였다. 6시그마는 철저히 데이터를 기반으로 프로세스를 이해하고 제어하려는 혁신 방법론이기 때문에, 6시그마 교육 중에 빠지지 않고 들어가는 것이 데이터 분석을 위한 통계 분석 교육이었고, 통계 분석 교육은 6시그마 교육 중 가장 중요하게 생각하는 교육 과정 중 하나였다. 6시그마의 능숙 정도를 구분하는 벨트(Green Belt, Black Belt, Master Black Belt 등)에 따라 그 정도는 다르겠으나, 대부분의 기업이 벨트에 따라 유사한 수준으로 통계 분석 교육을 진행하였다.

6시그마 혁신을 최선봉에서 주도한다고 할 수 있는 Black Belt 의 경우, 일반적으로 6시그마 추진 로드맵(DMAIC)의 각 단계별로 1~2주 정도 진행되는 교육 중 M, A, I 단계에서 대부분의 통계 교육을 받으니 최소한 대략 3~4주 정도는 통계 분석 교육을 받게 되는 셈이었다. 직원들의 효율적인 운영을 최우선으로 생각하는 기업에서 직원들의 교육을 위해 3~4주를 할애하는 것이 쉽지 않은 결정임은 틀림이 없을 것이다. 그러므로, 고등학교 수학 교육의 대미(?)를 장식하는 "확률과 통계"에서 어떤 것을 배웠는지조차 가물가물한 직장인들에게 정규분포, 데이터 표준화, 귀무/대립가설, 평균/분산검정, Gauge R&R, 실험계획법 등 기초적인 통계적 지식을 단시간에 주입식(?)으로 가르치는 것이 얼마나 효율을 높게 만드는지에 대해 비판적인 시각으로 바라볼 필요는 있어 보였다. 이러한 비판적인 관점에서 볼 때, 6시그마의 통계 교육이 어떠한 문제점을 가지고 있었는지 먼저 얘기해 보자.

가장 먼저 언급할 수 있는 문제점은 공정의 복잡성에 비해 너무 단순한 분석 교육만 반복했다는 점이다. 대부분의 6시그마에서 다루는 통계 분석 교육은 가설 검정을 위한 t-Test, ANOVA 같은 평균/분산 검정 방법을 주로 다루었으며, 기껏해야 간단한 수준의 실험계획법 정도를 교육하였다. 물론 간단하다고 말한 기초 통계 교육조차 많은 직장인을 힘들게 했던 것은 사실이지만, 그 정도 통계 분석으로 다룰 수 있는 공정 인자는 보통 2~3개, 많아야 4~5개 정도 밖에 되지 않는다. 이 정도 인자만으로 제조 공정에서 발생하는 복잡한 현상을 설명하는 것이 가능한 일인지 의문이 들지 않을 수 없다.

6시그마 교육을 받으신 분들이라면 "Vital Few"라고 부는 개념을 잘 아실 것이다. "Vital Few"는 공정에 매우 큰 영향을 미치는 몇 개의 인자를 말하는 것이다. 그러므로, Vital Few 인 4~5개의 인자만으로도 공정을 설명하는 것이 가능하다고 생각하는 분이 있을 지도 모르겠다(공정을 분석한다는 것은 공정에서 발생하는 현상을 데이터로 설명하는 방법을 찾는다는 의미이다).

하지만, 6시그마에서 말하는 Vital Few는 상대적인 개념이어서 이들만으로 분석이 가능하다고 생각해서는 안 된다. 여기서 "상대적인 개념"

이라는 의미를 설명하기 위해 유명한 품질 개선 사례를 하나 들어보자.

반도체 신화로 유명한 S전자에서 메모리 용량을 높인 새로운 제품을 생산하는데, 평소보다 불량률이 높게 나오면서 쉽사리 불량이 줄지 않았다. 당연히 현장에서는 그 불량을 줄이기 위해 많은 노력을 하였고, 현장에서 작업하던 여직원들의 화장품 미세 분말이 불량 발생의 원인이라는 것을 알았다. 이후로 반도체 공정에서 일하는 근무자들은 화장을 하지 않은 채 생산 라인에 투입이 되기 시작했다고 한다. 이 사례에서 언급한 화장에 의한 미세 분말 발생은 불량 발생에 큰 영향을 미치는 인자이므로, "Vital Few"임에 틀림이 없다. 하지만, "Vital Few"로 찾은 화장에 의한 미세 분말 외에 다른 인자는 중요하지 않다는 말은 아니다. 그동안은 잘 알지 못한 상태에서 새로운 중요한 인자를 찾았다고 보는 것이 옳을 것 같다.

6시그마에서는 공정의 산포를 중점으로 본다. 평균의 이동은 상대적으로 쉽고, 산포를 어떻게 관리할 것인지가 더 중요하다고 생각한다. 이런 점에서 상대적으로 큰 산포를 유발하는 인자를 Vital Few라고 봐야 한다. 평균을 움직이는 인자는 기술적 인자이기 때문에 공학적으로 밝혀내야 할 영역이고, 6시그마에서 말하는 혁신은 산포의 변화를 파악하고 이를 줄이는 것을 주요 영역으로 생각한다. 그런데, 이러한 산포의 변화는 공정의 변화나 제품 Spec.의 변화에 따라 그 발생 원인이 다르다. 예전에 제품을 생산하던 Spec.에서는 전혀 문제가 되지 않는다고 생각했던 항목이, 높아진 Spec.에서는 큰 문제가 되기도 하기 때문이다.

이렇듯 제조 현장을 관찰해 보면, 과거에는 산포에 영향을 주지 않는다고 생각했던 원인이 현 시점에는 영향을 주는 원인이 되는 경우를 심심치 않게 찾을 수 있는데, 이들은 모두 "Vital Few"라고 할 수 있다.

그런데, 새롭게 "Vital Few"로 찾은 항목 외에도 기존에 관리하던 수많은 항목들이 존재한다. 위에서 언급한 반도체 라인에서 엄격히 관리하고 있는 클린룸 내 온도나 압력은 변화가 생길 경우 공정에 막대한 영향을 미치는 중요 인자이다. 그리고, 개별 공정 설비의 온도나 압력, 노광기의 출력값 등 또한 불량이나 설비 고장에 큰 영향을 미치는 요인들이다. 하지만, 이런 모든 항목들을 "Vital Few"라고 할 수는 없다. Few라는 말 자체가 소수를 의미하므로 생산을 위해 관리하는 모든 항목을 Vital Few 라고 말할 수는 없기 때문이기도 하거니와, Vital Few라는 것은 공정의 산포에 많은 영향을 주는 인자라고 생각해야 하며 이때 산포에 많은 영향을 준다는 것도 상대적인 개념으로 봐야 하기 때문이다. 공정에서 관리 항목으로 포함하고 있는 것들은 평소에 잘 관리하고 있으므로, 해당 항목에 대한 산포는 매우 작을 수밖에 없다. 그래서, 이런 항목들은 Vital Few라고 해서는 안 된다. 관리 항목이긴 하지만 원하는 범위 이내의 산포로 관리하기 힘든 항목이거나, 예전에는 관리 필요성을 느끼지 못한 항목이어서 관리 항목에 포함시키지 못했던 항목들이 Vital Few가 될 수 있는 후보가 되는 것이다.

이렇게 Vital Few를 정의할 때, 앞서 언급한 "Vital Few를 활용한다면 적은 수의 변수만으로도 제조 공정을 분석하는 것이 가능하다"는 주장에 대해 다시 생각해 보자. 이 주장은 문장 자체에 Vital Few가 분석에 활용되는 변수라는 의미를 내포하고 있다. 그리고, Vital Few가 분석에 활용하는 변수가 된다면, 잘 관리되지 않거나 그동안 중요하지 않다고 생각했던 인자를 분석에 활용하여 분석해야 한다는 것이다. 그리고, 그런 인

제조 빅데이터
활용 전략

자가 4~5개 정도이며, 그 인자들이 Vital Few라는 것을 다 알고 있어서 과거부터 데이터를 저장하여 가지고 있어야 한다는 전제 조건이 성립해야 위 주장이 타당하다. 그런데, 이와 같은 전제 조건은 당연히 성립할 수 없다. 어떻게 그동안 중요하지 않다고 생각했던 인자를 데이터로 가지고 있으면서, 그중 4~5개 정도만 잘 골라내어 공정을 분석적으로 잘 설명할 수 있겠는가 말이다. 물론, 제조 빅데이터 분석을 위해 중요하지 않다고 생각하는 인자라도 가능한 많이 데이터로 저장해야 한다는 주장은 언제나 타당하며, 빅데이터 시대를 사는 현대의 기업들에게라면 더더욱 그럴 것이다. 하지만, 이는 앞으로 그런 방향이어야 한다는 타당성을 언급하는 것이지, 현재 그렇다는 것과는 전혀 관계없는 말이다. 게다가 그중에서 4~5개 정도만 잘 골라서 공정을 분석적으로 잘 설명한다는 것은 더더욱 이상하다. 중요하지 않다고 생각하던 인자를 어떤 논리적 근거로 공정을 잘 설명하는 소수의 인자로 선택할 것인가 말이다. 이러한 이유에서 6시그마에서는 Vital Few를 찾을 때, 브레인스토밍, FMEA (Failure Mode and Effectiveness Analysis), Fish Bone Diagram 같은 기법들을 사용하여 Vital Few 후보군을 선정한다. 그리고, 이것들이 진짜 Vital Few인지 여부를 분석적인 방법으로 구별한다.

따라서, 6시그마 교육 과정에 포함되어 있는 통계 분석 교육은 모두 Vital Few를 찾는 방법이 아니라, Vital Few인지 아닌지를 통계적으로 확인하는 방법이라고 하는 것이 옳다. 6시그마에서 실시한 통계 분석 교육은 공정을 데이터로 설명하는 방법을 찾는 도구로써 분석을 가르친 것이 아니고, Vital Few인지 아닌지를 판단하는 도구로 분석을 어떻게 활용하는지를 가르친 것이다. 이런 의미에서 Vital Few 몇 개만으로 공정을 설명하기 위한 분석을 진행하는 것은 매우 어려운 일이라 결론 지을 수 있다.

만약, 공정에서 일어나는 모든 현상을 4~5개의 인자 만으로 설명할 수 있다면, 적게는 4~5년에서 길게는 십수 년간 해결하지 못하고, 잊어 버릴 만하면 한번씩 엔지니어들을 괴롭히는 불량 문제나 설비 고장 문제가 존재한다는 것을 이해할 수 있겠는가? 10년 넘게 한 분야에서 일해온 엔지니어들이 고작 4~5개 정도의 인자들의 상호 관계를 이해하지 못해 고질적인 문제를 해결하지 못한 채 남겨 두었다는 것인가? 한 분야 또는 한 공정에서 10년의 세월을 함께한 엔지니어나, 불량이 갑자기 높게 발생하거나, 설비 고장으로 인해 생산에 차질이 발생하는 문제에 직면하여, 혼신의 힘으로 그 문제를 해결하기 위해 노력한 엔지니어라면, 4~5개 정도 인자들의 상호 관계는 어려운 통계분석을 활용하지 않아도 오랫동안 쌓아온 경험만으로도 충분히 알 수 있는 정도의 수준일 것이다.

그러므로, 안정된 공정을 가지고 있을수록, 관리 항목이 많을수록, 공정에서 발생하는 산포는 점점 더 설명하기 어려워지며, 공정에서 발생하는 산포의 원인이 무엇인지 찾기 위해 관리하고 있는 항목 외에 훨씬 더 많은 인자들로부터 공정에서 발생하는 산포를 설명할 수 있도록 노력해야 한다. 그런 상황을 고려할 때, 어느 정도 안정된 공정에서 안정된 생산을 하고 있는 기업이라면, 6시그마 프로그램을 통해 진행하는 통계 분석 교육이 현장에서 효과적으로 작용하기를 바라는 것은 논리적 모순이다. 여기에, 6시그마 혁신 전략이 대부분 대기업을 중심으로 적용되고 있었다는 점과 대기업의 경우 대부분 어느 정도 안정된 공정을 가지고 있다는 점을 감안한다면, 왜 6시그마 혁신 과정에서 분석이 효과적이지 않았는지 이해할 수 있을 것이다.

두 번째로 들 수 있는 문제점으로, 공정 인자들이 6시그마 교육에서 다루는 통계분석 방법들의 기본 가정에 부합하지 않는 데이터 형태를 보인다는 점이다.

분석 기법 중 t-Test, ANOVA 등을 활용하여 분석하기 위해서는 기본적으로 데이터가 정규 분포여야 한다. 또한, 실험계획법에서 진행하는 인자 간 주효과, 교호효과 분석도 회귀분석에 그 기반을 두고 있기 때문에, 실험계획법을 활용하기 위해서는 회귀분석의 기본 가정인 인자들의 정규성과 독립성 가정을 만족해야 한다. 하지만, 제조 현장에서 생성되는 데이터 중 정규성과 독립성 가정을 만족하는 데이터를 만나기란 쉽지 않다.

공정에서 취득할 수 있는 인자들로 예를 들어 보자. 예를 들어 석유화학 공장의 촉매반응 공정에서 중요한 공정 정보로 반응기의 3개의 측정 포인트에서 온도 데이터를 취득하고, 가장 중요한 온도 측정 정보를 기준으로 반응기의 온도를 제어하기 위해 전기로 열을 가해주는 장치와 냉각수로 열을 탈취하는 장치가 있다고 생각해 보자. 반응기의 3개의 온도 측정 포인트는 온도의 특성상 한 포인트의 온도가 변하면, 다른 포인트의 온도도 같이 변하기 때문에 서로 독립이지 못하다. 게다가 온도 제어를 위한 발열기와 열 탈취기는 온도의 변화에 반응하도록 제어기에서 제어(일반적으로 PID 제어를 가장 많이 사용한다)를 해주기 때문에, 이 또한 반응기 온도에 대해 독립적이지 못하다. 결론적으로 말해 반응기 내 온도 측정 정보, 발열기 및 열 탈취기 제어 정보들은 모두 서로 연관되어 움직이므로 독립적이지 않다. 또한, 온도 정보 중 특정 온도를 유지하기 위한 기준이 되는 온도를 제외하고, 일반적으로 온도 변화를 감지하기 위한 온도 정보들은 평균 근처에 많은 데이터가 존재하고, 좌우로 분포가 감소하는 종 모양의 분포, 즉 정규분포를 갖지도 않는다. 통계적인 용어를 빌어 표현하자면, 자기상관성(Autocorrelation)을 갖는다. 이전 데이터가 크면, 다음 데이터가 클 확률이 높고, 이전 데이터가 작으면, 다음 데이터가 작을 확률이 높은 것이다. 이런 데이터의 형태는 정규 분포를 따르지 않는다. 이와 같이 정규성 가정에 벗어나는 데이터를 다루기 위해 데이터를 정규 분포로 변환시키는 함수(Box-Cox Transformation 등)를 사용하기도 하지만, 이 또한 한계가 있음은 별도로 언급하지 않아도 될 것 같다.

이와 같은 상황에서 인자들의 정규성 가정과 인자 간 독립성 가정이 있는 분석 방법을 사용하려면, 이들 인자 중 몇 개의 인자만을, 그것도 복잡한 수식이 관여하여 데이터를 변환한 형태로 사용해야 하는데, 몇 개 인자의 변화에 대한 품질 또는 고장 발생 현상에 대해서는 굳이 어려운 통계 분석을 하지 않더라도 그래프를 통한 시각적 분석만으로도 충분히 그 변화를 찾아낼 수 있다. 다시 말해, 통계 분석이 필요하지 않게 된다는 말이다. 이처럼 어렵게 배운 통계적 지식을 활용하여 분석을 하려고 할 때, 적용할 수 있는 인자의 수가 너무 적어서, 또는 분석 방법의 기본 가정에 맞지 않는 데이터의 형태로 인해 통계 분석 자체가 필요 없게 되고 통계 분석 교육도 필요 없게 되는 모순이 발생한다.

6시그마에 대해 논하면서 부정적인 어투로 시작하는 것 같아 미리 밝혀 두지만, 필자는 6시그마 마니아다. 6시그마는 제조업 경쟁력을 키우는 매우 유용한 방법론이라고 생각하는 6시그마 혁신의 골수 팬이다. 그렇게 골수 팬이라고 말하면서, 왜 이렇게 부정적인 말로 6시그마를 비판하는지 의아한 분이 계실 수도 있을 것이라 생각한다. 필자가 6시그마에 대해 비판하는 것은 단순한 평균, 분산 검정에 그치고 있는 부족한 통계 분석 교육 때문이다. 어느 정도 기술 수준을 가지고 있는 기업에서는 단순한 평균, 분산 검정만으로 그동안 알지 못했던 CTQ(Critical To Quality)를 찾을 수는 없다. 새로운 CTQ를 찾지 못하면, 그동안 알고 있던 CTQ만으로 기존의 한계를 극복하는 혁신은 있을 수 없다. 그런데, 과거나 현재의 6시그마 교육에서는 새로운 CTQ를 찾는 방법으로 엔지니어들의 창의적인 사고(브레인 스토밍 같은 창의적 사고를 이끌어 내는 방법들)와 고작 2~5개 인자를 다룰 수밖에 없는 분석 방법을 대대적(?)으로 가르치고 있었던 것이다. 그것도 투석기 낙하 실험, 모형 비행기 발사 실험 등 너무도 간단하게 설계된 실험을 통해서 말이다.

제조 현장은 너무도 복잡하다. 너무 많은 인자들이 복잡하게 연관되어 있으며, 관리하고 있는 인자간의 독립성도 보장되지 않는다. t-Test에서 기본적으로 가정하는 정규분포를 이루는 인자들은 거의 없다. 정규분포를 이루는 인자가 있다면, 특정 값을 유지하기 위해 컨트롤 되고 있어, 평균적으로 Target 값을 중심으로 분포하는 인자 밖에 없다. 이런 상황에서 t-Test만으로 분석을 하고 있었던 것이다. 위에서 말한 제조 현장 데이터의 상황들을 고려하면, 적어도 주성분 분석이나 군집 분석 같은 다변량 분석 정도는 알아야 의미 있는 새로운 CTQ를 찾아내는 것이 가능하다.

많은 사람들이 6시그마 혁신이 이제는 한물갔다고 얘기하며, 한편으로는 어려운 통계 교육을 더 이상 받지 않아도 되어 좋다고 표현하기도 하고, 오랫동안 6시그마를 해 보았으나 별로 신통치 않았다고도 얘기한다. 그래서 6시그마 혁신은 실패했다고도 얘기한다. 하지만, 필자는 그렇게 생각하지 않는다. 6시그마 혁신은 그 자체로 훌륭한 방법론이며 사상이다. 그런데, 그 방법론을 실행하는 툴이 좀 미숙했다. 제조업의 영역을 주로 다루면서 제조업 데이터의 특성을 고려한 분석 방법이 제시되지 않았던 것일 뿐이다. 올바른 분석 방법만 더해진다면, 6시그마는 기업 혁신 툴로 다시 태어날 수 있다고 생각한다. 기본적인 평균, 분산 검정도 이해하기 어려워하는 분들에게 복잡한 다변량 분석을 어떻게 교육하느냐고 하시는 분이 있을 수도 있다. 하지만 해야 한다. 복잡한 제조 현장에서 새로운 CTQ를 찾기 위해, 우리 제조 현장의 혁신을 위해, 조금 어렵지만 더 많은 분석 교육과 심도 있는 분석 교육을 위해 노력해야 한다.

┃ 제조 데이터 분석이 어려운 이유

한 IT 관련 세미나에서 어떤 강사 분이 "요즘ICBM이 이슈입니다!"라고 말한다. 당시 북한에서 한창 대륙간 탄도미사일(ICBM: Intercontinental Ballistic Missile) 발사 실험을 하던 시기였기 때문에 뉴스의 대부분이 ICBM에 관한 소식이었고, 많은 분들이 대륙간 탄도미사일을 말하는 것으로 생각하여 IT 관련 세미나에서 왜 갑자기 대륙간 탄도미사일을 말하는지 의아해 하고 있었다. 그런데, 해당 연사가 말하는 ICBM은 IoT,

Cloud, Big Data, Mobility의 머리 글자를 따온 것이었고, 이 4가지 기술은 당시(현재도 그렇다)에 가장 각광받는 IT 기술이면서 미래의 성장 동력으로 여겨지는 기술들이었다.

대륙간 탄도미사일과 같은 약자를 쓰다 보니 Big Data가 세 번째에 위치해 있지만, 기술의 특징을 보면, 가장 상위에 있는 것이 Big Data이다. IoT, Cloud, Mobility는 데이터를 생성하고, 저장하고, 공유/활용하는 기능을 담당하는 영역으로, 현 시점에도 기술적으로 상당히 성숙해 있는 영역이라 할 수 있다. 또한, Big Data는 분석적 방법을 활용하여 데이터를 정보로 변환하는 과정을 의미하는 것으로, 데이터를 생성/저장 하는 과정과 공유/활용 하는 과정을 이어주는 핵심적인 과정이다. 그러므로, Big Data기술은 IoT, Cloud, Mobility 기술을 이어주는 핵심적 기술이지만, 아직 어떻게 적용 및 활용해야 하는지 막연한 것이 사실이다.

물론, SNS 정보 분석과 같은 비정형 빅데이터의 분석을 포함해, 분석이라 명명된 모든 활동 자체가 쉽지 않은 활동임에는 틀림이 없지만, 제조 빅데이터 분석을 고민하는 기업들은 그 막연함을 훨씬 더 크게 느끼고 있다. 왜 비정형 빅데이터 분석보다 제조 빅데이터 분석에서 더 큰 어려움을 느끼고 있는 것일까? 제조 빅데이터는 정해진 매우 좁은 영역(생산 설비나 제조 공정 또는 업무 프로세스 등)에서 상대적으로 많은 양의 측정 정보를 데이터로 수집하고 있어 분석 대상이 되는 영역의 범위에 비해 상대적으로 많은 데이터를 가지고 있는데도 불구하고, 왜 분석 활동을 하는데 어려움을 겪고 있는 것인가 하는 의문이 들게 된다. 사실 이 부분에 대해서는 객관적 사실에 근거한 주장을 하기가 어렵고, 필자가 막연하게 느낀 부분을 정리하는 것이 최선인 것 같다. 필자도 논리적 근거가 조금 부족하다고 느끼고 있으나, 적절한 논리를 찾아내지 못한 것은 필자의 역량 부족에 기인한 것으로 이해해 주시기 바란다.

먼저, 제조업 데이터를 분석함에 있어 많은 분석가들이 어렵다고 느끼는 점은 아이러니하게도 그 데이터 형태의 단순함과 의미의 복잡함에서 기인하는 것 같다. 제조업 데이터의 형태는 크게 연속적인 시간을 기준으로 측정, 기록되는 데이터와, 제품 또는 재료를 구분하기 위해 일련번호를 기준으로 기록되는 데이터로 구분할 수 있는데, 이 두 가지 경우 모두 시계열 데이터의 성격을 지니며, 이는 매우 단순한 형태의 데이터라고 할 수 있다. 어떠한 형태를 갖는 데이터이든 분석을 하기 위해서는 데이터의 형태 뿐 아니라 데이터의 의미까지 정확히 알아야 한다. 그런데, 제조업 데이터의 경우 형태상으로는 극도로 단순한 데이터이지만, 그 의미를 따지자면 기술적인 의미까지 이해해야 하는 매우 어려운 데이터로 변신한다. 이것이 제조업 데이터 분석을 어렵게 만드는 첫 번째 이유이다.

해당 공정에서 일정 기간 동안 일을 한 사람이라면 너무도 당연하게 받아들일 수 있는 데이터의 의미도 그 공정에 익숙하지 않은 분석가에게는 매우 낯설게 느껴질 수밖에 없다. 이런 이유로 제조업 데이터를 분석하기 위해 프로젝트에 투입된 분석가의 경우, 매우 단순한 형태의 데이터 속에 감춰져 있는 매우 복잡한 의미를 이해하기 위해 많은 시간을 할애하게 된다. 대부분의 경우 제조업 데이터의 의미를 정확하게 파악하기 위해서는 상당한 수준의 공학적 지식이 필요하다. 고분자 화합물을 제품으로 만드는 곳인 화학 회사나, 철강석 또는 고철로부터 철강 제품을 만드는 철강 회사와 같은 경우에는 화학이나 재료 공학에 대한 지식이 필요하며, 가공과 조립을 통해 제품을 만드는 곳인 자동차 회사, 가전 제품 회사와 같은 경우에는 기계공학적 지식이 필수적으로 필요하다. 거기에 자동화 설비를 제어하기 위한 제어기의 동작 원리를 아는 것도 필요하다. 데이터가 갖는 의미만 잘 파악해도 손쉽게 분석 프로젝트를 진행할 수 있는 반면, 프로젝트가 끝날 때까지 데이터가 갖는 의미를 파악하지 못해 분석 결과로 만들어 낸 산출물이 현업에게 전혀 도움이 되지 않고, 당연한 사실에 대한 확인 정도로 끝나는 경우를 흔히 볼 수 있다.

이렇듯, 제조업 데이터 분석에서는 데이터의 기술적 의미를 파악하는 것이 매우 중요하고 데이터의 기술적 의미 파악을 위해서는 공학적 지식이 필수적인데, 데이터 분석에 특화된 분석가에게 있어 공학적 지식을 쌓는 것은 쉽지 않은 일이다. 그러므로, 분석가들에게 제조업 데이터는 어려울 수밖에 없다.

다시 말해, 매우 단순한 형태를 가지는 제조업 빅데이터의 매우 복잡한 기술적 의미를 파악하지 못함으로써, 매우 어려운 데이터로 인식되어 제조업 데이터의 분석을 어렵게 만드는 것이라고 정리할 수 있겠다. 그러므로, 제조업 데이터를 잘 분석하기 위해서는 분석 기술 자체를 이해하기 위한 분석적 지식 외에도 데이터의 기술적 의미 파악을 위한 공학적 지식도 함께 필요하며, 서로 상이한 두 종류의 지식을 함께 보유하였을 때 원활한 제조 빅데이터 분석이 가능하게 된다.

제조 빅데이터 분석을 어렵게 만드는 또 다른 이유는 데이터 연결 문제에서 발생한다.

제조업 데이터의 형태는 크게 연속적인 시간을 기준으로 측정, 기록되는 데이터와 제품 또는 재료를 구분하기 위한 일련번호를 기준으로 기록되는 데이터로 구분할 수 있다고 언급한 바 있다. 이 두 종류의 데이터 중, 연속적인 시간을 기준으로 측정, 기록되는 데이터의 경우 "시간 지연(Time lag)"을 정의하는 것에서 어려움이 발생한다. 그리고, 제품 또는 재료를 구분하기 위한 일련번호를 기준으로 기록되는 데이터의 경우는 일련번호를 구분하는 데이터가 없어 데이터 연결 자체가 어려운 경우가 많다.

"시간 지연"을 정의하는 문제를 설명하기 전에 먼저 "시간 지연"이 무엇인지부터 설명을 해야 할 것 같다.

제조업 분석에서 말하는 "시간 지연"은, 설비를 제어하는 과정에서 생성되는 데이터나 센서의 측정 데이터는 측정값과 측정 시간만으로 표현할 수밖에 없다는 한계 때문에 생긴다. 이러한 한계는 제품을 생산하는 설비나 공정의 위치 차이로 인해 품질이나 설비 고장에 영향을 미치는 시간이 각각 다르게 나타나는 현상으로 나타나는데, 이러한 시간 차이를 "시간 지연"이라고 한다. 그러므로, 데이터로부터 어떤 현상의 인과 관계를 찾으려고 할 때, 시간 지연으로 인해 발생하는 측정하여 기록하는 시각과 실제로 어떤 영역에 영향을 미치는 시각의 차이를 정의해야 하는 문제가 발생하게 된다.

제조 공정을 크게 두 가지로 구분하자면, 개별 생산(Discrete Manufacturing) 방식과 연속 생산(Process Manufacturing) 방식으로 구분할 수 있다. 가장 일반적인 개별 생산 방식의 예로 휴대폰, 가전제품, 자동차와 같이 부품을 조립하는 생산 공정을 먼저 생각해 보자. 이런 공정에서 부품 또는 제품의 흐름에 따른 반제품의 일련번호 데이터가 정확하게 확인되면서 수집되고 있으며, 이 데이터를 기준으로 전 공정에 걸쳐 측정 데이터를 연결할 수 있다면, 매우 쉽게 모든 데이터를 연결할 수 있을 것이다. 하지만, 일련번호 자체가 없거나, 일련번호는 있으나 관리 과정이 완전치 않아 일련번호에 의해 정확하게 데이터를 연결할 수 없는 경우에는 어쩔 수 없이 시간 지연(Time Lag)을 감안하여 데이터를 연결시킬 수밖에 없을 것이다.

그리고, 또 다른 생산 방식의 하나인 연속 생산 방식의 예로 화학회사와 같은 공정에서는 공정 내 흐름이 연속적이어서 도저히 구분이 불가능하기 때문에 이런 경우에는 필연적으로 품질을 측정하는 위치나 설비 고장이 발생한 위치를 기준으로 각 공정이나 센서의 위치 별로 품질이나 설비 고장에 영향을 미치는 시간을 정의해 주어야 한다. 그러므로, 개별 생산 방식의 생산 공정 중 공정 단위 별로 제품이 이동하는 과정을 매우 정교하게 관리하고 있는 몇몇 기업을 제외하면, 많은 기업들에서 공정 분석을 위해 "시간 지연"을 정의하는 것은 필수적인 과정이 된다고 할 수 있겠다.

이러한 "시간 지연"은 설비 위치와 생산 속도를 감안하여 이론적으로 계산할 수도 있고, 어떤 경우에는 이론적인 "시간 지연"을 계산할 수 없어서 어쩔 수 없이 데이터 분석을 통해 "시간 지연"의 정도를 찾아 낼 수밖에 없는 경우도 있다. 그러므로, 위에서 언급한 몇몇 경우를 제외하고는 "시간 지연"을 계산하는 일은 상당히 어려운 일이며, 특히, 공정 상에서 액체나 기체 상태의 반제품을 다루는 경우에는 반제품의 흐름도 분포로 나타나기 때문에 이에 대한 어려움은 더욱 커지게 된다. 게다가, 이 "시간 지연"을 정의하는 것에 정해진 방법이 없다는 것도 어려움의

한 원인이다. 제조업 공정, 데이터의 간격, 데이터를 만드는 센서나 설비의 상대적 위치, 그리고 자동화 설비의 제어 로직 상 데이터가 생성되는 순서 등 분석하려는 공정의 상황에 따라 그때 그때 다르게 정의해야 하기 때문이다. 또, 공정의 물리적 상황 뿐 아니라 실적, 품질 정보와 같은 목표 변수에 해당하는 정보와 연결하는 과정까지 감안해야 하는 경우가 많아 시간 지연을 정확하게 정의하는 것은 매우 어려운 과정이 된다.

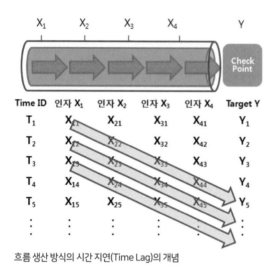

흐름 생산 방식의 시간 지연(Time Lag)의 개념

이러한 이유로 인해 "시간 지연"을 정확히 정의하는 것은 제조업 빅데이터를 연결하는 핵심 과정이면서, 제조업 빅데이터 분석을 어렵게 만드는 한 원인이 되기도 한다.

세 번째로 제조업 빅데이터 분석이 어려운 이유는 분석이라는 활동에 대한 이해 부족이다. 여기서 말하는 이해 부족은 실제로 분석 활동을 하는 분석가의 이해 부족을 말하는 것이 아니라, 분석가들이 이해를 시켜야 하는 분석의 대상이 되는 공정이나 품질 문제의 관리자나 담당자들의 이해 부족을 말하는 것이다. 빅데이터 분석도 전문적 지식이 필요한 일종의 컨설팅 영역이다 보니, 내부 인력이든 외부 인력이든 필수적으로 분석 활동의 결과를 다른 사람에게 이해시키는 활동이 동반될 수밖에 없는데, 아무리 좋은 분석 결과라도 그 컨설팅 내용을 받아들이는 상대를 이해시키지 못하면 아무짝에도 쓸모 없는 결과로 전락하고 만다. 그러므로, 제조 빅데이터 분석을 진행하는 주체가 어느 정도 빅데이터 분석에 대해 이해하고 있는지에 따라 다른 접근이 필요하게 되는 것이다. 이러한 현실적 상황이 제조업 빅데이터 분석을 어렵게 만드는 또다른 이유가 된다.

마지막으로 필자가 제시하는 제조업 빅데이터 분석이 어려운 이유는 빅데이터 분석에 대한 과도한 환상이다. 물론 이는 분석 컨설팅을 받는 담당자들의 이해 부족과 궤를 같이 하는 것이라 동일 선상에 놓을 수도 있겠으나, 이는 이해 부족이라기보다는 착각에 가까운 것이라 별도로 구분하는 것이 좋을 것 같다.

앞에서 언급한 바와 같이 빅데이터 분석이라고 해서 크게 다른 것이 아니라, 그동안 통계학 영역에서 많은 발전을 이루어 왔던 분석 방법과 똑같은 분석 방법을 사용한다. 단지 데이터의 양(Volumn)이 많아지고, 데이터가 만들어지고 수집되는 속도(Velocity)가 상상하기 힘들 정도로 커져서 통계학에서 목숨과도 같이 신봉해 왔던 샘플 데이터로부터 모집단을 추정하는 일에 대한 가치가 조금 떨어진 것 외에는 별로 달라지는 게 없다는 것이다.

다시 말해, 데이터의 양(Volumn), 데이터가 수집되는 속도(Velocity)와 데이터의 형태가 다양화(Variety) 되었다는 점이 달라졌을 뿐, 분석을 통해서 얻고자 하는 가치(Value)는 달라진 게 없다는 말이다(혹자는 빅데이터의 특징을 4Vs로 정의하고, 네 번째 V로 Value를 넣기도 한다).

그런데, 필자가 만나 본 많은 고객들은 정형분석이니 비정형분석이니 하는 것을 따지기보다, "빅데이터"라는 단어가 주는 "빅(Big)"이라는 의미에 더 집중하는 모습을 보이며, 무작정 빅데이터 분석이 그동안 우리가 해결하지 못했던 일들을 해결해 줄 것이라 생각하는 경향을 많이 보였다. 하지만, 데이터 양이 많아지고 데이터가 수집되는 속도가 높아진 것 외에 분석적 활동이 과정이나 결과를 도출해 내는 과정은 달라질 게 없으며, 이는 그동안 발전된 IT 기술로 충분히 지원할 수 있는 수준임에도 고객들이 빅데이터를 실제 적용하는데 상당한 어려움을 겪고 있다고 호소하고 있다. 왜 그럴까?

빅데이터의 특징을 구성하는 요소 중 가장 정의하기 어려운 것은 바로 "가치(Value)"이다. 많은 데이터가 있어도 그 데이터로부터 가치를 만들어 내지 못하면 그 데이터는 그냥 하드디스크 공간만 차지하는 골칫덩어리로 전락한다. 빅데이터의 "가치"는 많은 데이터를 사용 용도에 맞게, 적절한 시점에 분석하여 결론을 도출하고, 이를 행동으로 옮길 때 비로소 빛을 보게 되는 것이다. 그리고, 빅데이터의 "가치"를 만들어내는 시작인 "데이터 분석 방법"은 과거와 크게 달라진 것이 없다. 이런 관점에서 필자는 빅데이터가 그동안 많은 이들이 해 온 분석과 다르지 않다고 말하는 것이다. 즉, 과거와 다르지 않은 분석 방법으로 과거에 비해 많아진 데이터 양으로 분석을 해내면 되는 것이다.

여기에 제조업에서 빅데이터를 활용하고자 할 때 어려움을 겪는 마지막 이유가 명확해진다. 기업들이 빅데이터 활용에 어려움을 겪는 가장 큰 이유가 빅데이터의 "가치"를 만들어내는데 가장 중요한 "데이터 분석"에 익숙하지 않다는 것이다. 어떤 경우에는 많은 데이터를 단순하게 요약하는 정도의 분석으로도 의미 있는 결과를 도출할 수 있는 경우도 있겠지만, 어떤 경우에는 고급 통계 분석을 통해야만 의미 있는 결과를 도출할 수 있는 경우도 있다. 특히 제조업에서 생산 과정에서 발생하는 품질 변화에 대한 원인을 찾아내거나, 별다른 징후 없이 갑작스럽게 발생하는 설비의 고장을 사전에 예측하여 대응하려고 한다면, 과거 고장이 발생했을 당시 데이터를 기반으로 고급 분석 방법을 적용하여 분석하지 않으면 결과를 얻을 수 없는 경우가 대부분이다.

상황이 이러할 진데, 기업에서 빅데이터를 활용한다고 하면서 기존의 통계 분석을 등한시 한다면, 데이터를 바라보는 방법을 모르는 것이고, 데이터를 바라보는 방법을 모른다면, 아무리 많은 데이터를 가지고 있더라도 그 데이터는 그냥 하드디스크의 공간을 차지하고 있는 아무 쓸데없는 쓰레기에 불과하게 되면서, 빅데이터 분석이 어렵다고 느끼게 되는 것이다.

어떤 기업이든 빅데이터를 활용하여 기업의 효율성을 높이려고 한다면, 빅데이터 이전의 기존 통계 분석 방법에 대한 깊은 통찰이 먼저 이루어져야 한다는 점을 꼭 기억해야 할 것이다. 제조업 데이터에서 가장 많은 부분을 차지하는 공정 관련 정보는 분석을 위해 데이터를 추출하였을 때, 그 데이터의 추출 목적이 모집단을 추정하려는 것이 아니다. 해당 시점의 데이터로 그 당시의 현상을 이해하기 위한 것이므로, 그 자체가 모집단이다. 그 모집단 내에서 일어난 현상을 이해하기 위해 사용하는 분석적 방법은 전통적인 통계 분석 기법과 차이가 없으므로, 제조업 데이터 분석도 거의 대부분 전통적인 통계 분석 기법과 큰 차이가 없다고 보는 것이 타당하다.

현재 많은 제조회사들에서 빅데이터 플랫폼 또는 빅데이터 분석 플랫폼을 도입하면서 제시하는 향후 모습을 보면, 하나 같이 그동안에는 없었던 전혀 새로운 것을 하는 것처럼 포장되어 추진되고 있는 경우를 흔히 볼 수 있다. 하지만, 그것은 제조회사의 빅데이터 분석에 대해 잘못 이해하고 있는 것이다. 데이터가 많아져서 분석을 하는 데에 아주 조금 특별한 데이터 처리 방법 및 분석 방법이 필요할 뿐이지, 그동안 엔지니어들이 사고 발생 전후에 어떤 일이 있었는지 찾기 위해 엑셀 등으로 분석해 오던 분석과 분석 방법 자체는 그리 다르지 않다는 것이다. 그동안은 기껏해야 수십 개 인자가 넘어가면 데이터를 가져오기도, 분석하기 위해 데이터로 변환하기도 어려운 상황이었다면, 이제는 수백에서 수천 개의 인자를 수집하여 분석 데이터로 변환하는 데 큰 어려움이 없어졌고, 컴퓨터 성능의 향상으로 여러 인자들의 거동을 한꺼번에 볼 수 있어 다변량 분석 기법에 기반한 미세한 평균이동 변화를 쉽게 시각화 시켜주는 방법까지 활용할 수 있게 되었다는 것이 다를 뿐이다. 이러한 다변량 분석 기법(주성분 분석, 군집분석, 다변량 관리도 등)이나, 머신러닝 기법(Decision Tree, K-means, SVM 등)은 벌써 오래 전부터 알려진 분석 기법들이지 새로운 것이 아니다.

물론 AI(Artificial Intelligence) 영역에서는 과거와 다른 많은 발전이 있는 것 같다. Deep Mind의 알파고(AlphaGo)가 이세돌 9단과 펼친 바둑 대결에서 거둔 4:1의 승리(개인적으로는 이세돌 9단이 거둔 1승만으로도 인간 두뇌의 승리라고 생각하지만) 이후, 알파고제로를 거쳐 알파제로로 발전하는 과정에서 AI 분야가 많은 발전을 하고 있다는 것은 분명한 사실이며, 제조업에서도 AI의 활용 폭이 매우 넓다고 생각하는 분들도 많다. 하지만, 이 또한 기존의 인공신경망(Artificial Neural Network)이나 유전 알고리즘(Genetic Algorism) 같은 AI 알고리즘이 존재하였고, 이를 분석에 활용하려는 노력도 활발히 진행되어 왔으며 그런 와중에 몇 가지 영역에서 AI를 활용한 분석에 큰 성과를 보이는 영역이 나온 것이다. 이런 면에서 AI 또한 분석적 관점에서 보면 전혀 새로운 것이 아니며, 다만, 과거에 비해 상당한 속도로 발전하고 있는 알고리즘 중 하나로 보는 것이 옳을 것 같다.

앞서 논한 바와 같이, 매우 단순한 그 형태에 비해 기술적 의미가 매우 어렵다는 점, "시간 지연"으로 대표되는 데이터 연결 자체의 어려움, 그리고, 빅데이터 분석을 너무 거창하게 생각하는 고객의 오해 등이 제조 빅데이터 분석을 어렵게 만드는 것들이다. 위에서 언급한 내용이 제조 빅데이터 분석을 어렵게 만드는 원인의 전부라고 할 수는 없을 지라도, 상당한 이유는 된다고 할 수 있을 것이다. 하지만, 상당한 이유를 알았다는 것이 제조 빅데이터 분석의 어려움을 극복하고, 성공적인 분석을 통해 제조 혁신으로 유도할 수 있다는 것을 의미하지는 않는다. 무엇때문에 어렵게 느끼는지 알았다 할지라도 실제로 이를 우리 현실에 적용하여 해결하는 것은 또 다른 문제이기 때문이다.

이러한 이유로 제조 빅데이터 분석을 위한 혁신 방법을 직접 제시하기에 앞서, 제조 빅데이터 분석의 성공 사례를 설명하고자 한다. 이런 사례가 현장에 적용 가능한 아이템에 대한 영감이 되길 바란다.

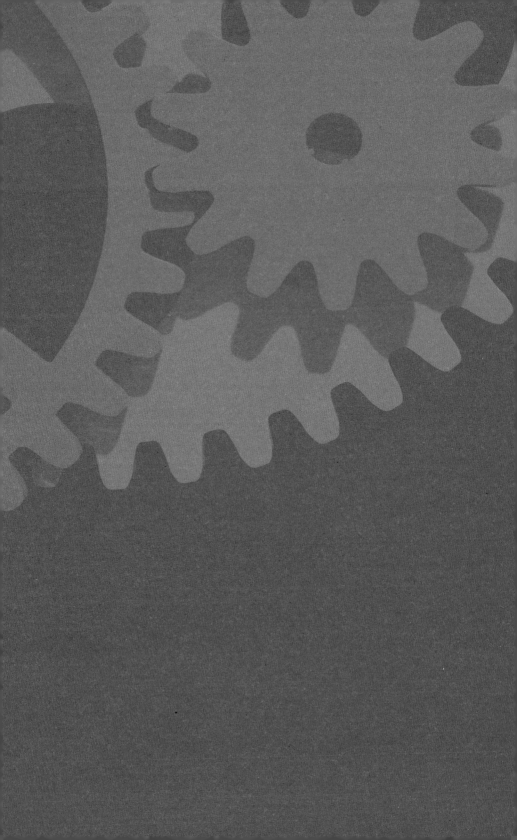

제조 빅데이터
분석 사례 소개
<u>03</u>

03
제조 빅데이터 분석 사례 소개

| 사례 – 1; 기술적 원인을 알고 있는 불량/고장 예측

제조 현장에서 발생하는 불량이나 설비 고장 중, 발생 원인은 알고 있으나 해당 원인이 불량이나 고장을 발생시키는 한계점을 넘어섰는지, 아니면 아직은 불량이나 고장에 영향을 줄 정도는 아닌지 여부를 알지 못해 적시에 대처하지 못한 결과로 불량이 다발하거나 설비가 고장나는 경우가 종종 있다. 이런 경우, 거의 대부분은 발생 원인이 되는 현상을 측정하는 것 자체가 기술적으로 굉장히 어렵거나, 측정 기술은 존재하지만 측정에 너무 많은 비용이 들어 현장에서 사용할 수 있을 정도로 상용화를 하지 못하여 측정을 포기하는 경우라 할 수 있다. 물론, 현대 과학이 가지고 있는 지식을 총동원한다면 상용화가 불가능한 측정 기술은 거의 없다고 해도 과언이 아니겠으나, 상용화 결과로 얻을 수 있는 이익에 비해 상대적으로 많은 개발 비용이 들어간다면 이 또한 현실적으로 상용화 기술이 없다고 보는 것이 타당하지 않을까 싶다. 이윤을 목표로 하는 기업에서 효과 대비 과다한 투자 비용이 발생하는 경우에 투자를 하지 못하는 것은 어쩌면 당연한 일이기 때문이다.

이렇듯 발생 원인이 되는 현상을 측정하는 것 자체가 어려운 경우, 설비 고장이나 제품 품질에 문제가 발생하지 않도록 사전에 조치하는 것은 애초에 불가능한 것일까?

기본적으로는 설비관리 전략 중 하나인 TBM(Time Based Maintenance)에서 이와 비슷한 개념을 기반으로 설비를 관리한다. 설비가 고장(원자재 기인성 설비 고장이나 사람의 실수에 의한 고장을 제외하면, 불량이 발생하는 것도 설비 고장의 한 형태로 생각할 수 있다) 나기 전에 설비를 수리 또는 교체하자는 것이 TBM 전략이다. 여러 차례 설비 고장이나 불량 발생의 경험이 있고, 설비 고장이나 불량 조치 이후 일정 시간이 흐른 시점을 고장 또는 불량 원인이 특정 한계를 넘어가는 시점으로 정의한다면, 정의된 시점 이전에 원인 인자를 제거하는 조치를 취할 수 있을 것이므로, 설비가 고장 나거나 불량이 발생하기 직전에 설비를 수리 또는 교체하는 시점을 찾을 수 있을 것이라는 접근 방법이다.

그런데, 이런 접근 방법에는 몇 가지 문제점이 존재한다.

가장 먼저 생각할 수 있는 문제점은 설비가 고장 나는 형태는 일반적으로 설비, 설치 위치, 가동 시기 등 설비마다 처한 환경에 따라 다르게 나타나게 되는데, 이를 고려하는 것이 굉장히 어렵다는 점이다. 설비가 처한 환경의 차이를 변수로 놓는 순간, 모든 설비가 조금이라도 다른 환경에 놓여 있다고 할 수 있으므로 모두가 다른 것을 변수로 놓으면, 설비 고장 발생 자체가 설비의 특징으로 귀결되어 공통적인 특징을 찾아낼 수 없다고 결론을 낼 수밖에 없는 모순에 빠지게 된다. 사람마다 노화되는 속도가 다르고, 면역력에 따라 병원균 같은 질병 원인에 반응하는 정도가 다르듯이, 설비 자체의 신뢰도도 조금씩 다를 뿐 아니라, 동일한 신뢰도를 보이는 설비라도 설치된 위치나 운영하는 시기에 따라 불량이나 고장이 발생하는 원인이 특정 한계를 넘는 현상은 천차만별로 다르게 나타나게 된다.

그런데, 이들을 모두 합하여 하나의 "편차"로 표현하고, 이런 편차를 감안하여 설비 고장 발생 전에 수리 또는 교체 시점을 결정한다면 상당한 오차가 있을 수밖에 없을 것이다. 이렇게 위치와 시기마다 다르게 반응하는 설비에 대해 일률적으로 동일한 기간을 정하고, 해당 기간이 경과한 후 특정 조치를 하는 방법으로 불량이나 고장 발생을 최소화하려면, 그동안 발생했던 가장 짧은 기간을 조치 주기로 설정하여 조치할 수밖에 없다. 이렇게 가장 짧은 기간을 조치 주기로 설정하는 경우, 불량 발생 이전에 조치를 할 수 있어 불량 발생을 억제하는 효과는 있겠으나, 조치로 인해 필연적으로 발생하는 설비 Down time은 증가할 수밖에 없다. 즉, 과도한 조치로 인한 Down Time 증가로 불량이나 고장 발생 저하로 인한 효과는 감소되고, 불량이나 고장으로 인해 생산성이 저하되는 것과 같은 생산성 저하를 "스스로" 만드는 꼴이 되고 마는 것이다.

그렇다면, 가장 현실적이면서도 효과적으로 조치 시점을 파악하는 방법은 무엇일까?

위에서 언급한 상황이라면, 공정에서 발생하는 데이터를 분석하여 불량이 언제 발생할 것인지, 또는 설비가 언제 고장이 날 것인지 예측하는 모델을 만들어 불량 발생 원인 인자가 불량 발생 조건이 되었는지, 설비가 고장 날 징후가 나타났는지를 판단하는 것이 가장 효율적이고 강력한 대안이 될 수 있다. 이때, 가장 많이 사용할 수 있는 개념이 비정상 상황 발견(Anomaly Detection)이며, 여러 가지 이유로 찾기 어려웠던 비정상 상황을 분석적 기법을 통해 찾아 낼 수만 있다면, 이를 기반으로 어렵지 않게 불량 발생이나 설비 고장을 예측하는 통계적 모델을 만들 수 있다.

1 ǀ 휘발 물질의 응축으로 인한 불량 발생 예측 사례

모니터, TV를 만드는데 사용되는 TFT-LCD 패널을 만드는데 꼭 필요한 부품 재료 중 하나가 기판 유리이다. TFT-LCD를 만들기 위해서는 TFT(Thin Film Transistor)와 C/F(Color Filter)가 필요한데, 이를 얇은 유리 기판 위에 만든다. 이때 사용되는 유리는 TFT를 만들기 위해 반드시 필요한 비정질 실리콘(a-Si)과 유사한 열팽창 계수를 갖도록 만든 특별한 유리이다. 일반적인 창유리와 비교한다면 만드는 것도 어렵고 엄청나게 비싼 가격이 매겨지는 특별한 유리지만, 만드는 과정은 일부 섬세한 처리 공정(물론 이런 섬세한 공정으로 인해 만들기 어려운 유리가 되는 것이다)을 제외하면, 일반적인 유리 제조 과정과 비슷하다.

분말 상태의 원료들을 잘 섞어 고온의 용해로에 넣어 액체 상태로 만들고, 형태를 만들기 위한 온도까지 서서히 냉각시켜 원하는 모양으로 만드는 과정을 거치게 된다. 원료를 녹이는 과정이 워낙 고온이다 보니 중간에 냉각시키는 과정도 상당한 고온이고, 이 높은 온도를 유지하기 위해 액체 상태의 유리가 이동하는 통로를 내화물 같은 것으로 잘 감싸 내부열의 방출을 최소화하여 외부에서 첨가해줘야 하는 열량을 최소화

함으로써, 에너지 사용량을 최소화할 수 있도록 공정을 설계한다. 그런데, 내부의 열 방출을 최소화하기 위한 이 구조물들이 온도 변화와 시간의 흐름에 따라 열화 또는 화학적 반응으로 인해 미세한 형태의 변화가 발생하고, 이로 인해 미세한 틈이 생기게 된다. 이렇게 생긴 틈은 액체 상태의 유리를 안전하게 이동시켜야 하는 구간에서 상당한 영향을 미치며, 특정 공정에서는 불량의 원인이 되기도 한다.

상식적으로 생각하면, 틈이 생길 때 온도의 변화가 동반될 것이고, 그때 발생하는 온도의 변화를 보면 틈 발생 여부를 알 수 있을 것이라 추정할 수 있다. 하지만, 이는 그리 만만한 문제가 아니다. 미세한 틈이 생길 수 있는 모든 영역에 온도계(주로 Thermocouple을 사용한다)를 설치할 수는 없는 일이기 때문이다. 이론적으로 무한에 가까운 영역이 되므로, 그만큼 많은 양의 온도계를 설치하는 것은 설계 변경이나 센서 설치 비용 같은 상당한 투자비가 발생하므로 이를 기대하는 것은 어렵다. 그리고, 미리 설치되어 있는 온도계만으로 변화를 감지할 수 있을 정도로 온도 변화가 진전되었을 때는 이미 조치하기에 늦은 시간이 되어버리는 경우가 대부분이다.

그럼 이런 온도 변화를 추가 온도계 설치 없이 알 수 있는 방법은 없을까? 있다. 온도의 상관관계 변화를 모니터링 하는 방법이 그것이다. 절대적인 온도의 변화를 파악하기 어려운 정도의 미세한 틈에 의한 온도 변화 만으로도 온도 간의 "상관관계" 변화는 우리로 하여금 변화를 인지하기에 충분히 변화하기 때문이다.

기존에 설치되어 있는 3~4개 온도계가 있다고 가정하여, 한 곳에서 발생한 미세한 틈에 의해 어느 한 온도계가 읽어내는 온도가 아주 적은 양만큼 떨어지는 조건이 되었다고 생각해 보자. 이 미세한 틈에서 가장 가까운 온도계는 멀리 떨어져 있는 온도계에 비해 상대적으로 더 큰 영향을 받게 될 것이고, 이는 온도 조절을 위한 Heater 에 대해 반응하는 온도 변화량이 상대적으로 적게 나타날 것이라는 것은 상식적인 수준에서도 이해할 수 있을 것이다. 이런 특징을 이용하면, 주변 온도에 비해 너무도 작은 온도 변화로 인해 절대적인 온도 변화를 정확히 파악하기 어려운 상황에서도, 온도와 Heater에 가해지는 전류, 전압 등의 변수들에 대한 상관관계 변화는 상대적으로 쉽게 파악이 가능하며, 이런 원리를 이용한다면 미세한 틈이 발생하여 국부적으로 온도 변화가 발생했는지를 쉽게 찾아낼 수 있다.

이런 경우 사용할 수 있는 대표적인 분석 방법이 주성분 분석(Principal Component Analysis)이다. 주성분 분석은 가장 대표적인 다변량 분석 방법이고, 변수 간 상관관계가 존재하는 경우에 매우 유용한 분석 방법이다. 특히 석유 화학의 정재 과정, 중합공정, 유리를 만드는 공정 등 소위 연속 생산 방식(Continuous Manufacturing Process)이라면, 상당수의 공정 상태 정보들이 매우 밀접한 상관관계를 가지고 있으므로 손쉽게 사용할 수 있으면서도 매우 유용한 분석 방법이다.

일부 분석 전문가들은 주성분 분석을 사용할 때, 주성분이 의미하는 바를 찾아 기술적인 의미로 연결시킬 수 있어야 분석적 의미가 있다고 하는 분들도 있다. 물론 주성분을 찾았을 때 그 의미를 파악할 수 있는 경우라면, 주성분 분석 이후 이를 기술적 해석까지 연계하여 기술 개발과 연계시킬 수 있을 것이다. 하지만, 그 주성분 분석의 결과가 잘 이해가 안 된다고 해서 분석 자체에 의미가 없고, 반드시 주성분의 의미를 찾아야만 한다고 고집할 필요는 없다. 그저 인자 간의 상관관계가 달라져서 생기는 변화를 3개의 주성분으로 3차원 그래프에 나타내기만 해도, 즉, 차원을 축소하여 시각적으로 표현하는 것만으로 변화를 알아낼 수 있다면, 그것만으로도 충분히 의미 있는 분석이 된다는 말이다. 기술적 원인은 아직 모르더라도 개별 인자의 변화로는 찾아 낼 수 없는 작은 변화를 빠르고 쉽게 인지해 낼 수 있는 방법으로 활용할 수 있다면 충분히 의미 있는 일이 될 수 있다. 이런 형태의 분석을 활용하여 센서의 추가 설치 없이 공정의 미세한 변화를 인지할 수 있고, 이를 이용하여 불량 발생, 설비 고장을 예측하는 모델로 발전시키는 것이 가능하다.

만약, 3차원 그래프를 시각화하여 눈으로 보고 판단하는 것을 넘어 자동으로 공정 변화 여부를 판단하기를 원한다면, 다변량 관리도인 T^2 관리도를 사용하면 된다. 다변량 관리도인 T^2는 주성분 분석을 기반으로 계산된 주성분 값들의 제곱으로 표현되기 때문에, 주성분 분석을 통해 시각화했던 변화를 하나의 수치로 표현할 수 있다.

이런 분석 방법은 특히 제조 공정이 여러 단계로 나누어져 있지 않고, 하나의 흐름으로 생산하는 공정에서 특히 유용한 방법이다. 여러 단계로 제품을 생산하는 공정보다 연속 흐름 방식으로 생산하는 공정에서 특히 이런 분석 방법이 유용한 이유는 공정 인자간 높은 상관관계를 갖는 경우가 많기 때문이다.

연속 흐름 방식의 생산 공정의 경우, 앞 공정에서 어떤 변화가 나타나면 어떤 방식으로든 다음 공정도 그 영향을 받는다. 생산 속도나 공정 특징에 따라 다르겠지만, 어느 정도 시간이 지나면 앞 공정의 변화에 영향을 받아 뒷 공정에 변화가 나타나기 마련이다. 게다가 반도체 공정과 같이 클린룸에 생산 공정이 위치하여 온도, 습도 등 외부 환경이 비교적 잘 제어되는 환경이 아니고, 대부분 공정이 외부 환경에 직접 노출되어 있어 기온 등 외부 환경 변화에 상당한 영향을 받을 수밖에 없다. 그러므로, 이런 공정에서는 약간의 공정 상태 정보들의 변화는 항상 있는 일이다. 그러므로, 약간의 측정값 이동이 있다고 해서 공정 상태에 변화가 있다고 보기 어렵고, 이런 이유로 실제 공정에는 어떤 변화가 있지만, 그 변화가 미미할 때 평상시 자주 있는 변화에 가려 그 변화가 보이지 않게 되는 것이다. 이러한 경우 공정 변화를 효과적으로 발견하는 방법은 절대적인 값 자체의 변화가 아니라, 해당 인자들 간의 상관관계 변화이다.

게다가, 연속 생산 공정의 경우 대부분의 인자들이 서로 높은 상관관계에 있다. 앞서 언급한 바와 같이 연속 생산 공정에서는 Time Lag만 잘 정의한다면, 대부분의 공정 인자들이 상당히 높은 상관관계를 갖게 된다. 이렇게 높은 상관관계를 갖는 인자들을 대상으로 주성분 분석을 하면, 상위 3개의 주성분만으로도 충분히 전체 인자들 변동의 대부분을 설명할 수 있다. 필자의 경험으로 봤을 때, 최소한 90% 이상, 일반적인 경우 95% 정도의 변동을 주성분 3개로 표현하는 것이 가능하다. 그러므로, 공정 인자가 측정값의 변화 없이 인자 간 상관관계 변화만 존재할 경우, 개별 인자의 변화 양상으로는 단순한 외부 환경 변화에 의한 평균 변화인지, 불량이나 설비 성능에 영향이 있는 변화인지 알아내기가 쉽지 않지만, 주성분 분석을 활용하면 매우 훌륭한 감도로 공정의 변화를 인지해 낼 수 있게 되는 것이다.

2 ┃ 철강 공정의 Roll Slip 현상 모니터링 사례

본 사례의 이해를 돕기 위해 간단히 철강 제조 과정을 설명해야 할 것 같다. 철강 제조 과정을 매우 간략하게 설명하자면, 철광석이나 고철을 녹여 쇳물을 만들고, 이를 슬라브라고 하는 커다란 벽돌처럼 생긴 두꺼운 철 덩어리로 만든 후, 철의 연성을 이용하여 두꺼운 철 덩어리를 원하는 두께로 얇게 만드는 과정이라고 말할 수 있겠다. 철을 늘일 때 열을 가해서 늘이면 열연(熱延)이고, 열을 가하지 않고 상온에서 늘이면 냉연(冷延)이다. 이 외에 복잡한 코팅이나 합금 과정이 있겠으나, 공정의 가장 큰 줄기는 이와 같이 철을 늘여서 필요한 두께로 만들어 내는 과정이다. 철을 늘이기 위해서는 압력을 가해야 하는데, 압력을 가하는 방법은 위아래에서 누르거나 좌우로 늘여주는 방식이 있다. 어떤 방법이든 철을 늘이기 위해서는 반드시 Roll을 사용해야 하며, 이와 같은 이유로 제철 공정에서는 많은 Roll이 사용되고 있다. 대부분의 Roll은 주기적으로 교체를 해줘야 하는 소모품이지만, 고가인 경우가 많아 한 번 쓰고 버리는 소모품은 아니고 Roll 표면을 재생/가공하여 사용하는 재활용 소모품 형태로 많이 사용된다. 소모품이다 보니 주기적으로 교체가 필요하고, 정확한 시기에 교체를 하지 않으면 품질이나, 생산 관리상 문제가 발생하게 된다.

국내 굴지의 제철사인 C사는 냉연(冷延)공정에서 강판에 압력을 가해주기 위해 사용되는 Roll의 마모를 일으키는 "Slip"이라는 현상으로 고민을 하고 있었다. Slip이라는 현상은 말에서 알 수 있듯이 미끄러지는 현상이며, 여기서 미끄러진다는 것은 Roll과 강판의 관계에서 발생하는 현상을 말하는 것이다.

냉연공정에서 Roll은 강판에 강한 압력을 주면서도 매우 빠른 속도로 회전을 해야 한다. 그래야 강판에 강한 장력(Tension)을 주어 강판을 원하는 두께로 만들면서, 빠른 속도로 강판을 생산할 수 있다. 매우 빠른 속도로 제품이 흘러가면서, 이와 함께 강한 장력을 주어야 하는 Roll의 역할상, Roll의 회전속도는 강판이 움직이는 속도와 매우 견고하게 일치되어야 한다. 게다가 장력을 주는 이유가 강판의 두께를 얇게 만들기 위한 것이기 때문에 당연히 강판의 길이는 증가할 수밖에 없으므로, Roll 회전 속도를 강판 이동 속도에 일치시키는 일은 매우 어려운 일이 된다. 이로 인해 종종 Roll과 강판 사이에 속도가 불일치 하는 현상이 발생하고, 이는 Roll 표면과 강판 사이에 강한 마찰을 발생시키며, 이러한 마찰로 인해 Roll에 마모가 일어나게 된다. 그러므로, Slip 현상이 발생하는 횟수나 Slip 현상이 일어나는 시간/강도에 따라 Roll의 마모 정도가 달라지게 된다. 하지만, 기존에는 이와 같은 Slip 현상을 실용적으로 확인할 방법이 거의 없었다. 그리하여, 이 문제를 해결하기 위해 분석적 방법을 활용해 보기로 하였다.

먼저, 문제가 된 것은 데이터였다. 데이터베이스에 잘 정리된 데이터는 1분 단위 데이터로, 이는 Roll 회전과 강판이 이동하는 속도에 비해 터무니없이 넓은 간격이었다. 보다 좁은 간격으로 Roll 회전과 강판의 이동 속도를 표현할 수 있는 정밀한 데이터가 필요했다. 다행히 데이터베이스로 정리되지는 않지만, PLC가 설비를 모니터링 하는 간격과 동일하게 생성되는 데이터가 별도의 파일 시스템에 저장되고 있었다. 해당 PLC에서는 50ms 단위로 데이터를 만들고 있었고, 이 데이터가 모두 파일 시스템에 수집되고 있어 1개월 동안의 50ms 단위의 데이터를 가져와 분석을 시작하였다.

분석 초기, 기술 분석을 통해 얻은 지식을 바탕으로 Roll 회전 속도와 강판 이동 속도를 비교해 보았다. 하지만, 여기엔 큰 문제가 있었다. 강판에 장력을 주어 원하는 두께로 만든 제품은 두 개의 다른 Stage에 존재하는Down Coiler 에서 강판을 감아 납품이 가능한 완제품으로 생산하는데, 제품 하나가 생산될 때마다 Down Coiler Stage를 바꾸기 위해 강판 이동 속도를 주기적으로 낮추는 작업을 할 수밖에 없는 구조였다. 강판 이동 속도를 낮추면, 당연히 Roll 회전 속도도 낮춰야 하므로 이 데이터를 모두 사용하면 매우 높은 상관관계가 나올 수밖에 없어 보였다.

탐색적 분석을 통해 이런 현상을 발견한 분석팀은 강판 이동 속도가 정상 속도로 올라와 있는 영역만을 추출하여 Roll 회전 속도와 강판 이동 속도의 상관관계를 비교하였다. 초기에 전체 데이터를 모두 사용한 상관관계 분석에서는 0.99 정도의 매우 높은 상관계수를 보였으나, 정상 속도에 도달한 구간만을 추출한 후 1분 단위로 데이터를 잘라 상관계수를 계산해 보니 대략 0.8~0.9 정도의 값을 떨어지는 것을 확인할 수 있었고, 일부 구간에서는 0.7 이하로 떨어지는 경우도 볼 수 있었다.

이와 같은 현상은 제조업 데이터를 분석하는 과정에서 흔히 볼 수 있다. 기술적으로 높은 상관관계를 보이는 두 인자가 인위적인 조치에 따라 함께 변하는 경우, 매우 높은 상관관계를 보이긴 하지만, 인위적인 조치를 제외하거나 영역별로 구분하면 전혀 다른 양상이 나타나는 경우를 자주 찾을 수 있다(필자는 이를 양 극단 데이터에 의한 끌림 현상이라고 표현하곤 한다).

분석이 여기에 이르러서는 Slip 현상이 일어난 시간을 데이터로부터 표현할 수 있었다. 일부 0.7 이하의 상관계수를 나타내는 구간을 확인하면 되었고, 이를 위해 1시간 간격으로 1분간의 상관계수가0.7 이하의 상관계수를 갖는 횟수를 Count함으로써 시각적으로 표현할 수 있었다.

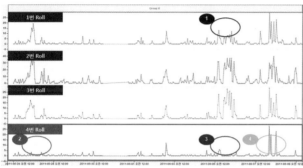

Roll- 생산속도 상관계수가 0.7 이하를 보이는 Trend

Roll 회전과 강판 이동 속도의 상관관계 분석으로부터 Slip 현상 분석을 시도하는 과정에서 한 가지 고민이 있었는데, 그것은 강판 이동 속도 측정값을 믿을 수 있느냐는 것이었다. 강판 이동 속도를 측정하는 원리를 정확하게 알 수도 없었을 뿐더러, 측정을 통해 얻어지는 강판 이동 속도 측정값에 필연적으로 있을 수밖에 없는 오차를 감안할 수밖에 없는데, 측정값의 오차를 감안하는 순간 상관관계를 분석하여 Slip과 같은 비정상적 현상을 구분해 내는 것 자체가 의미를 잃을 수도 있다는 걱정이 앞섰던 것이다. 하지만, 분석을 진행하면서 이런 걱정은 기우에 불과하다는 것을 알았다. 위 그래프는 동일 PLC에서 같은 제어 로직으로 제어되고 있는 4개 Roll로 이루어진 Roll 묶음에서 상관계수가 0.7 이하로 나타나는 횟수를 Count한 그래프이다. 여기서 중요한 부분은 '동일 PLC에서 같은 제어 로직으로 제어되고 있는 4개 Roll 묶음'이라는 것이다.

강판 이동 속도 측정값이 정확하게 측정되었든 그렇지 않든, PLC는 강판 이동 속도 측정값을 기반으로 Roll에 걸리는 장력과 회전 속도를 산출하여 제어하도록 설계되어 있다. 그러므로, 최소한 4개 묶음의 Roll은 위 그래프에서 동일한 형태를 나타내는 것이 정상적인 상태라고 할 수 있을 것이다. 그런데, 그래프에서는 다른 3개 Roll과는 다른 형태의 그래프를 보이는 Roll이 존재하며, 바로 그 Roll에서 해당 시점에 Slip현상이 발생했다고 판단할 수 있는 것이다. 게다가, 단순히 해당 시간에 Slip이 났다는 것만 찾아낸 것이 아니라, 그래프에서 나타나는 넓이 차이를 계산하여 Slip 발생량을 계산할 수도 있었다.

이 사례는 적잖은 교훈을 준다고 생각한다. 요즘 4차 산업 혁명에 대한 관심과 더불어 데이터를 분석하는 방법으로 AI와 머신러닝 기법에 대한 관심이 높아지고 있는 것이 사실이다. AI나 머신러닝 기법 같은 어려운 알고리즘을 이해하고 잘 활용하면 좋겠으나, 당장 이 같이 어려운 알고리즘을 이해하고 분석할 수 없는 분들도 우리가 가지고 있는 상세 데이터를 가지고 기본적인 분석만 하여도 새로운 결과를 얻을 수 있다는 것이다.

모로 가도 서울만 가면 된다는 말이 있던가? 아니다. 뉴욕에서 서울을 가려면 비행기를 타야 하지만, 인천에서 서울 가는데 비행기를 탈 수는 없다. 그렇게 가려면, 제주도든 부산이든 비행기로 이동 후 갈아타고 가야 한다. (서울에 공항이 있다고 가정한다면…) 인천에서 서울을 가는 가장 현명한 방법은 버스나 지하철 또는 자가용을 이용하는 것이다. 운동을 좋아하시는 분이라면, 자전거도 좋은 방법일 수 있다.

현재 제조업에서의 데이터 분석은 매우 초보적인 수준이다. 그렇기 때문에, 굳이 어려운 분석을 하지 않더라도, 매우 쉬운 분석만으로도 좋은 결과를 얻을 수 있는 경우가 상당히 많다. 그러므로, 현재 수준에서는 AI나 머신러닝처럼 어려운 알고리즘이 아닌 상관분석, 다변량 분석 등 간단한 통계 분석만으로도 많은 걸 찾아낼 수 있다. 어려운 알고리즘(비행기)을 사용한답시고, 가까운 거리(서울-인천)를 괜히 멀리(인천-제주도-서울) 돌아가는 비효율적인 상황을 만들다가 기상 악화로 공항에 갇히는 우를 범하는 일은 없어야 하지 않을까 생각한다.

｜ 사례 - 2; 기술적 원인을 모르는 상황의 불량/고장 예측

원인을 잘 모르는 불량의 발생을 예측하는 것은 무척 어렵다. 원인을 모르니 공정 중 특정 영역으로 한정 지을 수도 없고, 기술적으로 이해가 되지 않는 불량 발생 원인에 대해 설명할 수도 없다. 이런 경우는 기술적인 이해를 기대하기보다 굉장히 복잡하여 잘 이해되지는 않지만 분명 존재하는 어떤 계를 한정하여, 데이터 상 존재하는 미세한 변화를 기준으로 불량 발생을 예측하는 모델을 만들어 사용하는 것이 최선이다.

이때 분명한 데이터의 변화를 찾아 낼 수만 있다면, 평상 시와 다른 집단을 구분하는 방법을 찾아 예측 모델을 만들 수 있다. 만약, 분명한 데이터의 변화를 찾아 낼 수 없는 경우라면, 복잡한 관계를 예측하기 위한 분석 알고리즘, 예를 들어 인공신경망 같은 것을 사용해야 한다.

이렇게 기술적 원인을 잘 모르는 경우에는 분석적 방법을 제한적으로 적용할 수밖에 없는 한계가 있고, 이 또한 모든 경우에 사용할 수 있는 것도 아니다. 최소한 불량이 발생하는 위치 정도는 한정할 수 있어야한다. 그렇지 않으면, 공정 인자 간의 Time Lag(연속 흐름 공정인 경우 앞 공정을 지난 어떤 상태가 다음 단계 공정으로 넘어가면서 영향을 미치는 시간 차이)로 인해 데이터 Mapping 자체가 어려워진다. 다시 말해, 불량 발생 원인을 모르는 경우, 예측 모델을 개발하기 위해서는 인공신경망(Artificial Neural Network) 또는 유전 알고리즘(Genetic Algorism) 같은 분석 방법을 사용하여 기술적 이해는 포기하고, 굉장히 복잡한 계를 예측할 수 있는 분석 방법을 사용해야 하며, 이도 특정 공정 영역으로 불량 발생 원인을 제한할 수 있는 경우에 한해 분석이 가능하다고 할 수 있다.

이에 대한 실 사례를 들어보자.

1 ㅣ 유리 생산 공정의 용해로 불량 예측

설명할 사례는 유리를 만드는 한 공정인 용해 공정을 대상으로 일반적인 수준보다 높은 불량이 발생할 가능성이 높아지는 시기를 예측하는 모델을 개발한 사례이다. 예측 모델이 어떤 형태로 만들어졌는지, 어떻게 불량을 예측할 수 있었는지에 대한 이해를 돕기 위해 유리를 만드는 공정에 대한 간략한 설명이 필요할 것 같다.

유리를 만드는 공정은 원료를 고온에서 녹여 액체 상태로 만든 후, 성형할 수 있는 온도까지 온도를 하강시켜 원하는 형태를 만들고, 후처리 하는 과정으로 이루어져 있다.

이 중 원료를 혼합한 뒤 혼합된 원료를 액체 상태로 녹이는 공정을 용해공정이라고 부르는데, 이 중에서도 원료를 녹여 고온의 액체 상태의 유리를 만들어 주는 "용해로(Melter)"가 가장 중요한 부분 중 하나이다. 용해로는 유리 제품을 만들기 위해 혼합된 원료가 투입되어 최초로 형 변환(화학 용어로 Phase Transformation)을 하는 곳이어서, 이곳에서 온도가 잘못 관리되거나 원료 투입 과정에 문제가 발생하면, 상당한 기간 동안 불량으로 고생하게 된다. 유리를 이루는 성분이 어떤 성분과 어떤 비율로 이루어졌는지에 따라 다르지만, 최소 1,400 ~ 1,600℃ 정도의 온도를 유지해야 하기 때문에 용해로는 내화물로 만들어져 있다. 이 정도 온도에서 유리는 액체 상태로 존재하므로 상하부 온도 차이로 인한 대류도 발생하며, 외부 온도 변화에 따라 대류의 크기도 변할 수 있다. 이런 대류의 변화로 인해 원료가 용해로 내에 체류하는 시간에 변화가 발생하고, 이로 인해 충분히 녹지 않거나 혹은 너무 과하게 체류하면서 불량의 원인이 되기도 한다. 그리고, 대류에 의해 발생하는 물리적/화학적 충격으로 내화물이 조금씩 깎이게 되고, 이러한 내화물의 깎임이 특정 시점에 과하게 발생하게 되면 불량의 원인이 되기도 한다.

용해로 상부는 보통 천연 가스나 석유 가스 또는 벙커씨유 등 화석 연료 기반의 에너지원으로 열을 가하는 것이 보통이다. 액체 상태의 유리물은 그 자체가 전기 전도체라서 내부에 전류를 가해주어 액체 상태의 유리 자체가 가지는 저항으로 인해 열을 발생시켜 이를 에너지원으로 공급한다. 어떤 방식이든 원료가 녹을 수 있도록 충분한 에너지를 제공할 수 있는 형태로 설계되어 있다. 이러한 용해로의 형태는 전류를 가해 주기 위한 전극이 열화 되면서 불량을 야기시키기도 하고, 상부 에너지원의 불완전 연소에 의한 찌꺼기 등이 불량의 원인이 되는 경우 등 다양한 불량 발생 요소를 가지고 있다.

용해로는 고온의 액체 상태로 존재하는 유리의 온도를 유지하면서 액체 상태 유리의 대류를 조절해야 하지만, 내부를 들여다 볼 수 있는 수단이 거의 없는, 흡사 암실(Black Box) 같은 존재라 할 수 있다. 용해로는 불량의 원인이 되는 요소가 굉장히 많고, 내부가 고온인데다 액체 상태의 유리로 차 있어서 내부에서 어떤 일이 있어나고 있는지 시각적으로는 물론, 온도계 등 센서를 달아 현상을 이해하는 것도 굉장히 제한적일 수밖에 없다. 이러한 제한 때문에 유리를 만드는 회사에서는 용해로를 기술의 대상이라기보다는 예술의 경지에 들어 있는 어떤 신성한 대상으로 여기기도 한다.

아무튼, 이러한 용해로 같이 내부 상태를 파악하는 것이 매우 제한적인 공정을 가지고 있는 경우가 "원인을 잘 모르는 불량의 발생 예측 모델"을 적용하기 적당한 경우라고 할 수 있겠다. 굉장히 복잡한 구조이면서, 기술적인 이해보다는 예측 자체에 초점을 맞춘 결과만으로도 충분히 활용이 가능한 곳이기 때문이다.

용해로 내부에서 얻을 수 있는 데이터들에는 용해로 상부/하부 온도, 용해로 내부 압력, 전극에 가해지는 전류 및 전압, 원료가 투입되는 속도 등이 있다. 취할 수 있는 데이터라고 해봐야 수십에 불과하며, 이 정도의 데이터로는 액체 상태 유리의 거동을 정확히 설명하기에 턱없이 부족하다. 같은 위치의 온도 변화라고 해도 그 온도 변화를 유발할 수 있는 원인을 최소 5~6가지는 생각할 수 있겠으나, 어떤 것이 진짜 원인인지 알 수 있는 방법은 없다. 정확히 말하자면, 어떤 이유에서 모니터링하고 있는 인자들이 변화했는지 정확하게 아는 것은 불가능한 일이며, 그저 어떤 이유가 확률적으로 좀 더 높은 이유이겠거니 추측하는 것이 전부이다. 이런 이유로 필자가 처음 용해공정에 몸 담았을 때, 많은 선배들이 '용해는 예술이야', '많은 경험이 있는 사람들은 느낌으로 알아' 등, 기술자라고 말하기에 약간은 쑥스러운 말을 당연한 듯 받아들이는 분위기였고, 아마도 그런 분위기는 지금도 여전할 것으로 생각한다.

그럼 고작 수십 개의 모니터링 인자만을 가지고 기술적으로 잘 이해가 안 되는 공정에서 발생하는 불량이 언제 발생할지 예측하는 것이 가능한 일인가?

결론부터 말하자면, "충분히 가능하다"이다. 물론 앞에서 말한 것과 같이 어떤 원인에서 불량이 발생하는지를 알지는 못 할지라도, 언제 불량 수준이 높아질지 예측하는 것은 가능하다. 이 글을 읽는 분들 중에는 '원인도 알지 못하고, 해결 방안도 없는 불량 발생 예측 모델이 쓸데가 어디 있는가?'라고 반문하는 분도 있겠으나, 조금만 시각을 달리 하면 충분히 활용 가능한 영역도 존재한다. 예를 들어, 불량이 많이 발생한다고 2~3일 전에 예측이 되었다면, 오늘이나 내일 예정되어 있는 설비 수리를 불량이 많이 발생할 것이라고 예측되는 날에 실시하는 것으로 미뤄 설비 수리를 위한 Down time 발생 시 불량이 발생하도록 하여 제품 생산 시 발생하는 불량을 최소화하는 방법으로 활용하는 것이 가능하다.

이런 상황을 접하는 모든 분들이 필자와 생각이 같지는 않겠지만, 정확한 원인을 알지도 못하고, 해결 방안도 제시하지 못하는 예측 모델이라 할지라도 어떻게 활용하느냐에 따라 그 가치는 달라질 수 있는 것이다. 다른 의견이 있을 수 있다는 점을 충분히 언급하였으니 예측 모델의 가치에 대한 논쟁은 이쯤에서 접어두고, 어떻게 만들 수 있는지에 대한 논의로 넘어가 보자.

고작 수십 개의 모니터링 인자만을 가지고 기술적으로 잘 이해가 안 되는 공정에서 발생하는 불량이 언제 발생할지 예측하는 것은 기본적으로 공정 상태가 과거와 비슷한지, 아니면 과거와 다른 상태로 변했는지 판단하는 것에서부터 시작한다. 공정 상태가 과거와 달라졌는지를 분석하는 방법은 여러 가지가 있겠으나, 필자가 용해로 내부의 변화 발생을 알아내기 위해 사용한 방법은 인자들 간의 상관관계 변화였다. 모니터링 가능한 수십 개의 인자들로부터 인자 간 상관관계 변화를 특징지을 수 있는 인자를 뽑아내고, 그 인자들을 바탕으로 인공신경망을 활용하여 불량 발생 여부를 2~3일 전에 예측하는 것이 가능하였다. 거기에 인공신경망을 사용할 때, 일반적으로 구성하는 은닉층/은닉마디 형태가 아니라, 액체 상태의 유리가 만드는 대류의 구조(이는 공학에서 많이 사용하는 해석적인 방법으로부터 알 수 있으며, 많은 해석적 연구와 수명이 다한 용해로 내부를 면밀히 조사하여 찾아낸 내화물 내 깎임 형태로부터 잘 알려져 있다)를 모사하여 만든 은닉층/은닉마디의 구조를 사용하여 가능하였다.

　　먼저, 가장 중요한 인자들의 상관관계 변화를 특징 지을 수 있는 변수를 만들기 위해 수십 개의 인자들을 몇 개의 군으로 나누고(예를 들어 하부 온도, 상부 온도, 전극의 전류/전압 등 데이터 생성 위치나 특징에 따른 구분으로), 같은 군에 속하는 인자들을 두 개씩 짝지어 두 변수 간의 상관계수를 구하되, 인위적으로 두 변수 간 시간적 지연을 앞뒤로 2~3번 주어 각각 상관계수를 구하고, 이들의 평균을 내는 방식으로 계산하였다. 하나의 시간 기준으로 상관계수를 구하는 것보다는 두 변수에 인위적인 시간 지연을 주어 상관계수를 계산하면, 시간차를 두고 높은 상관관계를 보이는 두 변수의 거동 변화에 대한 특성을 반영하는 것이 가능할 것이라는 생각으로 채택한 방법이다.

다음으로 인공신경망 모델을 위해 중요한 것이 은닉층과 은닉마디의 구성이다. 일반적으로 2~3개의 은닉층에 각 은닉층에 수 개에서 수십 개 정도 은닉마디를 구성하는 것이 보통이다. 그런데, 이런 형태의 은닉층과 은닉마디의 구성으로는 일정 수준 이상 예측 정확도가 높아지지 않아, 은닉층과 은닉마디 구성에 변화를 주어 보기로 결정했다. 어떻게 변화하면 좋을까 고민하던 중, 그림에서 보는 것과 같이 약간은 특이한 형태의 은닉층/은닉마디로 구성을 바꿔본 결과, 탁월한 예측 정확성의 향상을 확인할 수 있었다. 정말 우연한 발견이었다.

그런데, 여기서 강한 의문 하나를 품지 않을 수 없었다. 왜 이런 이상한 형태로 은닉층/은닉마디를 구성했을 때 일반적인 구성에서보다 훨씬 높은 예측 정확도를 보이느냐는 것이다. 이에 대한 대답은 액체 상태 유리의 대류와 관련한 해석적 분석 결과를 설명하는 아래 그림과 연계해서 생각해 볼 때 상당한 이해에 접근할 수 있다. 유체역학에서 많이 사용하는 FEM(Finite Elements Method) 방법으로 액체상태의 유리가 해당 온도 분포에서 어떤 거동을 하는지 개략적으로 파악해 본 결과, 용해로 안에서 유리는 앞뒤로 큰 대류 흐름 두 개와 유리물 표면에서 가끔 발생하며 큰 두 개의 대류를 모두 거치치 않고 빠르게 용해로 밖으로 빠져나오는 특이한 경로가 존재한다는 것을 알 수 있었다. 이 FEM 모델링 결과와 예측 정확성이 높았던 은닉층/은닉마디의 구성을 비교해 보면, 각 은닉층의 구성이 큰 두 개의 대류와 한 개의 특이한 경로를 정확하게 반영하고 있다는 것을 쉽게 알 수 있을 것이다.

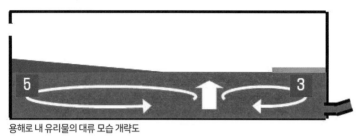

용해로 내 유리물의 대류 모습 개략도

용해로 불량 예측을 위한 은닉층/은닉마디 설계

　이번 사례에서 정확한 원인은 모르지만, 불량이 발생하는 대략적인 위치를 정의할 수 있는 상황에서 불량 발생을 예측하는 모델에 대해 살펴 보았다. 앞서 말했듯이 이러한 접근에서는 기술적으로 해석이 어렵다는 치명적인 단점이 있다. 그러므로, 기술적인 해석이 어려운 상황에서 무작정 데이터 분석 결과만 믿고 공정 조치와 연계시키는 것은 무모한 짓이 될 수 있다. 해당 공정을 관리하는 엔지니어라면 더 말할 필요도 없을 것이다. 하지만, 이런 예측 모델이라고 완전히 무의미한 것만은 아니라는 점을 강조하고 싶다. 간단히 불량이 높아질 것이라고 예상되는 시점에 생산 계획 상의 불확정성을 높게 계산하여 일시적으로 재고량을 높게 반영하거나, 두 개 이상의 라인에서 비슷한 시기에 설비 보수를 해야 한다면, 불량률이 높을 것으로 예상되는 시점에 해당 라인을 우선적으로 보수하는 방식으로 활용이 가능할 수 있다는 점을 기억하기 바란다. 무엇이 됐든 그냥 하는 것보다는 확률적으로 생산성에 이득을 볼 수 있는 방법이 있다면, 그 영향이 작다고 판단할지라도 해 볼 만한 가치가 있다고 생각한다. 밑져 봐야 본전이면, 한 번 해 볼 만한 것 아닌가?

2 ㅣ 진동 센서 정보를 활용한 모터 고장 예측

제조업에서 가장 보편적으로 사용하는 설비를 하나 꼽으라면, 단연 모터를 꼽을 것이다. 부품을 조립하는 공정을 가진 기업에서는 제품이나 부품을 이송하기 위한 구동체로 많이 사용하며, 화학회사 같은 연속 생산 공정을 가진 기업에서는 유체를 이동시키기 위해 압력을 높이거나 낮추기 위해 많이 사용한다. 다시 말해 공정의 특성과 관계없이 뭔가를 이송하기 위한 동력을 만드는 설비가 모터이기 때문에 어떤 제조 공정이든 상당한 수의 모터를 사용할 수밖에 없으며, 그 종류 또한 다양하다.

이렇듯 구동부의 핵심을 담당하는 모터에 이상이 발생하면, 라인 흐름이 멈추거나 일정한 압력을 만들어야 하는 공정에서 불안정한 압력을 만들어 공정에 문제가 발생하게 되므로, 구동부의 관리는 대부분의 제조업 회사에서 설비 관리 분야의 가장 중요한 관리 영역 중 하나일 수밖에 없다. 이런 이유로 모터 상태를 진단하기 위한 기술은 오래 전부터 많은 사람들에게 관심을 받는 분야였으며, 많은 기업들이 모터 상태를 진단하는 기술을 도입하여 활용하고 있다.

모터의 상태를 진단하는 가장 보편적인 기술은 모터의 진동을 측정하는 기술이다. 모터는 기본적으로 회전 운동을 하는 설비이므로, 항상 원심력이 작용하게 된다. 회전에 의해 만들어지는 원심력의 작용으로 인해 모든 모터는 구동되는 순간부터 반드시 진동이 존재하게 되며, 정상적인 상태와 비정상적인 상태에서 이 진동이 다르게 나타나게 되는데, 이를 이용하여 모터의 상태를 진단하는 것이다. 진동 센서 업체별로 특성값을 계산하는 방식이나 특징은 다르지만, 정상 상태와 비정상 상태를 구분하기 위해 특성값을 계산한다는 공통점을 가지고 있으며, 그 특성값을 관리도 형태로 나타내어 모터의 상태를 진단한다.

그런데, 모터의 진동을 측정하기 위해 사용하는 진동 센서에는 치명적인 약점이 있다. 그 약점은 센서의 상태에 따라 진동 측정값이 다르게 나타난다는 것이다. 모든 센서가 시간이 지남에 따라 정기적으로 교정을 해주어야 한다는 약점을 가지고 있다고 할 수도 있겠지만, 이 경우에는 조금 특별한 약점이라 할 수 있다. 진동 센서의 경우, 센서가 모터에 어느 정도 단단하게 붙어있는지에 따라 값이 다르게 나타나게 되는데, 측정해야 하는 진동 자체가 센서를 오랫동안 단단하게 붙어 있지 못하게 하는 요소라는 점이 다른 센서와 다르다. 즉, 진동 센서에 의해 측정되는 진동은 필연적으로 센서가 모터 몸체로부터 떨어지도록 만드는 힘을 발생시키고, 이는 진동 측정에 의해 계산되는 특성값을 왜곡하는 효과로 작용한다. 결과적으로 시간의 흐름에 따라 센서 민감도가 떨어지게 될 수밖에 없는데, 이를 보완할 방안이 마땅치 않은 것이 진동 센서가 가지고 있는 특별한 약점이다.

이에 대한 해결 방안으로 다변량 관리도인 T^2관리도를 활용하여 모터의 이상 여부를 진단하는 방법이 있다. 진동 센서로부터 측정된 값을 통해 계산해 낸 특성값은 보통 하나의 진동 센서에 대해 적게는 두세 개에서 많게는 십여 개에 이르기까지, 진동 센서 업체별로 다양한 특성값을 계산해낸다. 그리고, 하나의 모터에 대해 보통 2~4개 정도의 센서를 모터 본체, 감속기 입/출측 등 다수의 위치에 설치하는 것이 보통이므로, 모터 별로 보자면 적게는 수 개에서 많게는 수십 개의 진동 특성값이 계산되고 있는 셈이다. 이 값들이 대부분 상당한 상관관계를 가지고 있어 이러한 상관관계를 이용하면, 진동 센서가 가지고 있는 원천적인 단점을 보완하는 것이 가능하다.

기존의 진동 특성값을 기반으로 하는 모터 고장 알람은 상하한의 관리 범위를 벗어나면 알람을 주는 방식이기 때문에 진동 센서가 얼마나 모터와 긴밀하게 붙어 있느냐에 따라 달라지는 진동 폭에 민감할 수밖에 없지만, T^2 관리도를 활용하여 고장 여부를 판단하는 경우는 특성값들의 상관관계 변화 시에도 이상 징후가 나타내게 되어 더욱 민감하게 모터의 고장 여부를 판단하는 것이 가능하다.

이러한 상관관계 변화는 두 가지 현상 중 하나로 보는 것이 타당할 것이다. 하나는 모터에 부착되어 있는 진동 센서 중 하나가 시간이 흐름에 따라 다른 센서에 비해 상당한 차이를 보이는 정도로 밀착 정도가 헐거워져서 기존에 보이던 상관관계에서 벗어나는 결과값을 내놓는 것이다. 다른 하나는 실제 모터에 발생한 이상 징후의 표시로 나타난 것이다. 두 가지 상황 모두 사실을 알지 못하고 일정 시간이 경과할 경우, 치명적인 트러블과 맞닿는 심각한 상황이 될 수 있다는 점에서 모터의 진동 센서 정보를 다변량 관리도로 재해석하는 활동은 모터의 성능을 관리해야 하는 설비관리자에게 매우 유용하다고 할 수 있겠다. 하지만, 진동 센서 정보를 다변량 관리도를 통해 분석하는 것도 말처럼 그리 쉬운 일만은 아니다.

가장 먼저 발생하는 문제는 모터에 설치되어 있는 진동 센서들의 진동 측정 시간이 동일하지 않아 발생한다.

왜 이런 문제가 생기는지 이해하려면, 진동 센서가 진동 특성값을 계산하는 과정을 간단히 살펴 봐야 할 것 같다. 진동 센서는 짧은 시간(보통 1~2초 정도) 동안에 매우 짧은 간격으로 진동 신호를 측정한다(진동 신호를 측정하는 기술에는 여러 가지가 있으나, 진동 측정값을 계산하는 전체적인 과정을 이해하는데 큰 차이가 없으므로 이에 대한 설명은 생략한다). 이렇게 측정된 시간에 대한 진동 신호를 푸리에 변환(Fourier Transform) 과정을 거쳐 주파수에 대한 진동 신호로 변경시킨다. 이렇게 변경된 주파수에 대한 진동값을 기반으로 특정 주파수에서 나타나는 진동값 크기의 변화로부터 고장 여부를 판단한다. 이러한 판단을 손쉽게 하기 위해 진동 센서 제품에 따라 각각 다른 진동 특성값을 계산하여 고객들에게 제공하기 위해 푸리에 변환과 진동 특성값을 계산하여 제공하는 시스템을 같이 공급한다.

이런 복잡한 과정을 거쳐야만 진동 특성값을 계산할 수 있고, 이 과정을 수행하기 위해서는 시스템에게 상당한 시간이 주어져야 한다. 그러므로, 동일 모터에 여러 개의 진동 센서가 설치된 경우라도 각 센서마다 측정 시간이 다를 수밖에 없다. 물론, 이런 점을 감안하여 진동 측정 시스템을 설치할 때, 동일 모터에 대해 동일한 시점에 측정하고 그 결과를 계산하는 과정만 조금 지연시켜 결론적으로는 동일 시점의 데이터를 측정한 결과를 만들 수도 있지 않겠냐고 생각하실 수도 있겠다. 하지만, 기존에 진동 센서가 고장 여부를 찾아내는 방식에서는 동일 모터에 부착되어 있는 다른 진동 센서의 측정 시간을 동일하게 맞추는 것이 무

제조 빅데이터
활용 전략

의미하다. 그런 무의미한 일을 위해 번거롭게 측정 시간을 맞추는 일을 자발적으로 하지는 않을 것이므로, 대부분의 진동 센서 측정 결과가 동일 모터에서도 다르게 나타나는 것이다.

이런 문제를 해결하는 방법은 어쩔 수 없이 몇 개의 측정 정보를 모아 대표값을 계산하는 것이다. 예를 들어, 하나의 센서가 진동 특성값 계산을 매 30분마다 하고 동일 모터를 측정하는 진동 센서가 3개라면, 1시간 30분에서 2시간 마다 또는 3~4시간마다 한 번씩 특성값들의 평균을 계산하여 사용하는 방식을 적용할 수 있겠다.

두 번째 문제는 다변량 관리도 분석을 진행하는 과정 자체에서 발생한다.

이 문제를 이해하기 위해서는 다변량 관리도를 만드는 과정에 대한 이해가 필요하다. 다변량 관리도인 T^2 관리도는 분석에 사용된 변수들을 평균이 0이고 표준편차가 1이 되도록 표준화한 변수로 만들고, 이 변수들을 사용하여 주성분 분석(Principal Component Analysis)을 통해 얻은 주성분 값들을 제곱하여 더한 값(이를 T^2 라고 함)을 관리도 형태로 나타낸 것이다. 다변량 관리도를 그리기 위해 진행해야 하는 주성분 분석 수행 과정에서 공분산 행렬(Covariance Matrix)을 계산하게 되는데, 공분산 행렬은 데이터로 사용한 전체 데이터를 기반으로 계산한다.

T^2 값을 계산하기 위해서는 공분산 행렬을 계산하기 위한 데이터 사용 구간을 정의할 수밖에 없는데, 일반적으로 이동구간을 사용하는 것이 보통이다. 이렇게 이동구간을 사용하여 공분산 행렬을 계산하는 경우, 특별한 처리 과정이 반드시 필요하다.

T^2 값이 정상적인 범위에서 나오다가 갑작스럽게 이상치가 발생하

고, 그 이상치가 지속적으로 발생하고 있는데 특별한 처리 과정 없이 기존과 똑같은 이동구간에 대해 T^2 관리도를 그리면, 시간이 지날수록 이상치 값 크기가 줄어들다가 종국에는 정상적인 범위에 들어오게 되는 현상이 나타난다. 이러한 문제는 이상치 발생 이후 어느 정도 시간이 지나면 정상적인 데이터가 이동구간 범위에서 벗어나게 되고, 이상 발생 영역이 정상적인 데이터보다 많아지면서 이상치를 정상 범위로 구분하며 발생한다.

이러한 문제를 해결하기 위해 생각할 수 있는 방안은 두 가지가 있다. 하나는 이동구간을 정의할 때, 이상치가 확실하다고 판단할 수 있을 정도로 확연히 넓은 구간으로 정의하는 것이다. 이런 해결 방안은 알람 알고리즘을 쉽게 만들 수 있는 장점은 있으나, 너무 길게 이동구간을 설정하면서 생기는 문제점, 이를테면 공분산 행렬을 계산하는 데 많은 시간이 필요하다거나, 너무 긴 구간을 정의함으로 인해 이상치 발견에 둔감할 수밖에 없다는 점 등을 감안하더라도 넓은 이동구간 설정에 문제가 없다고 확신할 수 있어야 적용할 수 있다.

다른 해결 방안은 이동구간은 적당한 간격으로 정의하면서 이상치가 연속적으로 발생하는 경우, 이동구간을 변화시키지 않는 방법이다. 현재 시점에 T^2 값 계산 결과 이상치가 발생했을 경우, 다음 T^2 값을 계산할 때는 이동구간을 변화시키지 않는 방법을 적용하는 것이다. 이런 방식을 적용하면 데이터 처리 과정이 약간 복잡해지는 불편함이 있으나, 적용하기 어려울 정도는 아니며 이동구간을 정의할 때 가장 민감하게 변동을 찾을 수 있는 정도로만 이동구간을 정의하면 되기 때문에 이동구간을 넓게 정의하면서 발생하는 문제들은 사라지는 장점이 있어 가장 적절한 방법이라 할 수 있겠다.

필자는 두 번째 방법을 추천한다. 이유는 너무 넓은 이동구간을 선정할 경우 설비의 변화 상태를 감안하여 이상 상태를 정의하는 것이 어려워지기 때문이다. 공정 설비는 지속적으로 변한다. 사람이 나이가 들수록 신체에 변화가 생겨 그에 따라 적당한 운동과 식사 습관이 달라지듯, 설비도 사용 연한에 따라 가동 방법에 차이가 있기 마련이다. 이런 부분을 고려하지 않으면, 상대적인 공정 상태 이상을 구분해내기 어려워진다. 그러므로, 제조업 분석에서는 너무 넓은 이동구간을 이용하여 공분산 행렬을 계산하는 것을 피해야 한다.

3 ㅣ 자동 생산 공정 내 로봇의 고장 예측

산업 현장에서 가장 많이 사용하는 자동화 기기 중 하나가 로봇이다. 특히 무거운 물체나 사람이 다루기 어려울 정도로 큰 물체를 다루면서 동일한 행동을 반복해야 하는 경우, 로봇은 매우 유용한 자동화 설비이다. 로봇이 가장 많이 사용되는 산업은 대량 생산을 하면서도 큰 상품을 다루는 경우가 많은데, 가장 대표적인 곳이 자동차 회사이다. 로봇 고장을 예측한 사례를 설명하기 앞서 필자가 경험한 로봇 고장 예측 모델을 개발한 자동차 회사의 생산 공정과 로봇에 대한 기초적인 내용부터 간단히 설명해야 할 것 같다.

앞서 설명한 바와 같이, 자동차 제조 공정은 크게 프레스, 차체, 도장, 의장으로 나뉜다. 프레스는 자동차 차체를 이루는 외장 요소들의 부속품을 만드는 공정이다. 만들고자 하는 형태를 미리 만들어 놓은 금형 모양에 맞게 금속판을 가공하는 과정이다. 붕어빵의 모양을 만들기 위해 붕어빵 틀에 밀가루 반죽을 넣는 형태를 상상하시면 이해가 쉬울 것이다. 붕어빵 모양을 만드는 틀이 금형이고, 틀 모양으로 만들어지는 밀가루가 금속판이라고 생각하시면 되겠다. 차체 공정은 프레스에서 만들어진 부속품을 용접하여 전체적인 자동차의 외형 틀을 만드는 공정이다. 차체 공정이 완료되면, 대략적인 자동차의 외형을 알아 볼 수 있을 정도의 반제품이 만들어진다. 차체 공정 이후에 진행되는 도장 공정은 차체 공정에서 만들어진 자동차 외형에 색과 보호를 위한 차체 코팅 막을 입히는 공정이다. 이후 의장 공정은 자동차 엔진, 트랜스미션, 핸들, 시트 등 자동차의 내부를 이루는 부품들을 고객이 주문한 옵션 사항에 맞게 조립하는 과정이다. 이 중 복잡한 개별 부품을 세밀하게 조립해야 하는 의장 공정은 대부분 과정이 사람의 손에 의해 이루어지고 있고, 프레스, 차체, 도장 공정은 대부분 로봇이 담당하고 있다.

로봇을 부를 때, 보통 "O축 로봇"이라고 부른다. 여기서 "축"의 개수는 로봇에 장착되어 있는 모터의 개수를 의미한다. 기본적으로 로봇이 3차원 상에서 움직이며 자유롭게 작업을 하려면, 적어도 3차원으로 움직이는 두 개의 관절이 있어야 한다. 개별 관절이 3차원으로 움직일 수 있도록 만들려면 3개의 모터가 하나의 관절을 구성해야 하므로, 가장 기본적인 로봇은 최소 6개의 모터를 갖는 6축 로봇이다. 6축 로봇을 기본으로, 움직이는 방향을 추가하기 위해서는 추가하고 싶은 방향의 수만큼 모터가 더 필요하고, 추가 모터가 1개이면 7축 로봇, 2개 이면 8축 로봇이 되는 식이다. 로봇의 종류를 구분하는 하나의 방식인 축의 개수에서 알 수 있듯이 로봇을 움직이는 가장 중요한 요소는 바로 모터이고,

86

제조 빅데이터
활용 전략

로봇의 상태를 모니터링 하기 위해서는 모터와 관련된 인자들을 모니터링 하는 것이 가장 중요하다고 할 수 있다.

필자가 경험한 차체 공정은 대략 300대의 로봇이 하나의 공정을 이루고 있는 현장이었다. 당연히 각각의 로봇 한 대가 담당하고 있는 업무가 각각 달라 하나의 로봇에 문제가 생기면 전체 공정의 흐름이 끊기며, 전체 공정에서 작업은 중단되어야 한다. 차체 공정에서 개별 로봇의 작동 여부는 전체 공정에 영향을 미치는 중요한 요소이므로, 차체 공정 담당자는 로봇의 고장으로 인한 생산 차질을 최소화 하기 위해 여러 방면으로 노력하고 있었다.

그런 노력 중 하나가 로봇 제작 업체로부터 로봇을 납품 받아 공정에 설치할 당시부터 도입한 로봇 모니터링 시스템이었다. 로봇의 상태를 모니터링 하기 위해 도입한 시스템이었으므로, 당연히 로봇의 상태를 알 수 있는 인자값들의 데이터를 상당수 보관하고 있었고, 고객은 이 데이터를 기반으로 로봇 고장을 예측하는 것이 가능한지 확인하는 분석을 하고 싶어하는 상황이었다.

제안을 시작할 당시, 데이터 상황을 파악하기 위한 현장과 시스템 및 데이터 현황에 대한 사전 조사를 하였는데, 로봇 모니터링 시스템에는 모터 전류, 토크 등 로봇의 상태를 알 수 있는 정보가 10초 간격으로 저장되어 있었다.

여기서 제안팀은10초라는 데이터 간격에 주목했고, 이 10초라는 데이터 간격이 마음에 들지 않았다. 그 이유는 10초라는 데이터 간격은 보는 시각에 따라 상당히 자세한 데이터라고 생각할 수도 있겠지만, 반대로 부족한 데이터라고 생각할 수 있는 수준의 데이터로 생각했기 때문이다. 결국, 제안팀은 10초 간격으로는 로봇 고장을 예측하기에 충분하지 않다고 판단하여 이에 대한 대책을 강구하기로 하였다.

이러한 분석 대상에 대한 사전 조사 과정은 분석 프로젝트를 수행하기 전에 반드시 거쳐야 하는 과정이며, 특히 데이터가 분석 목적 달성을 위해 충분한지 여부를 검토하고, 부족할 경우 대책을 세우는 것은 매우 중요한 과정이라는 점을 꼭 기억하기 바란다. 데이터 현황에 대한 사전 조사 없이는 분석 프로젝트의 성공을 담보할 수 없으며, 실제로 분석 프로젝트를 실패하는 가장 많은 이유가 분석 목적을 달성하기 위한 적당한 데이터의 부재이기 때문이다.

그렇다면 어떻게 그 데이터의 적절성을 판단할 것인가 하는 의문이 남는다. 분석을 위해 매우 중요한 과정임에 틀림이 없지만, 이 과정은 논리적, 객관적 판단 기준을 제시하는 것이 무척 어렵다. 데이터의 적절성을 판단하는 과정이 어려운 이유는 분석 대상의 환경, 분석 목적 등에 따라 그 기준이 달라지기 때문이다. 그러므로, 이런 과정은 상당 부분 경험에 의존할 수밖에 없는 영역이라 말할 수 있겠다. 데이터의 적절성을 판단하는 일반적인 과정을 설명하는 것이 어렵다 보니, 본 사례에서 프로젝트 제안팀이 어떤 기준으로 현재 보유한 데이터가 로봇 고장을 예측할 수 없을 정도의 데이터라고 판단하였는지를 설명하는 것으로 대신해야 할 것 같다.

제안 대상이었던 차체 공정은 승용차를 생산하는 공정으로, 생산 속도가 65 UPH(Units Per Hour) 정도 되는 공정이었다. 65 UPH이면 1시간에 65대를 생산하는 공정이라는 의미이니 대략 1분에 한 대 정도 생산하는 공정이라고 생각하면 되겠다. 65 UPH의 생산속도를 맞추기 위해서는 차체 공정에서 작업을 맡은 로봇들은 대략 30~40초 이내에 작업을 완료하여 다음 작업을 담당할 로봇에게 제품을 넘겨야 한다. 이동에도 얼마간의 시간이 필요하기 때문이다. 그러므로, 10초 간격으로 데이터를 수집하면 한 번 작업하는데 대략 3~4개 정도의 데이터만 존재하게 되는 것이다. 하나의 로봇이 움직이는 동작은 최소 수십 개 이상의 동작으로 구분되어 작업하고 있음을 감안하면, 3~4개의 데이터는 너무도 부족한 데이터라고 할 수 있다. 이런 이유로 처음 프로젝트를 준비하는 단계에서 당시 보관 중인 데이터, 그러니까 10초 간격의 데이터로는 로봇 고장을 예측하기에 부족하다 판단하였던 것이다.

이러한 이유로, 제안팀은 로봇을 제어하기 위해 제어기가 로봇의 상태를 모니터링 하는 간격과 동등한 수준의 간격으로 데이터를 수집해야 한다고 생각하였으며, 비용과 프로젝트 일정을 감안하여 일부 로봇 (전체 로봇 중 10% 가량)에 대해서만 제어기가 모니터링 하는 간격으로 데이터를 수집하여 분석하기로 결정하였다. 해당 공정에 설치되어 있는 로봇 제어기는 로봇을 100ms 간격으로 모니터링 하고 있었으며, 로봇 별로 약 100여 개씩의 측정, 제어변수를 수집하기로 결정하였다.

이와 같은 과정을 거쳐 제안팀의 의견대로 프로젝트를 수행하게 되었고, 일부 로봇과 데이터에 대해 100ms 단위로 수집하여 분석에 활용하였다.

상세 데이터의 위력은 대단했다. 단순히 연역적 추론으로 생각해 낸 10초 단위 데이터의 부적절성은 프로젝트를 수행하면서 과거 수집해 놓은 10초 단위 데이터의 분석을 통해 증명할 수 있었고, 10초 단위 데이터에서는 수집할 수 없었던 로봇 제어 프로그램 상 제어 단계를 나타내는 제어 변수의 수집과 100ms 단위의 상세 데이터를 기반으로 로봇이 고장 날지 여부를 판단하는 알고리즘을 만들 수 있었다.

아래 그림은 100ms 단위의 상세 데이터를 동작을 구분하는 모든 제어 변수가 동일한 시점만을 뽑아 일별로 그린 산점도 행렬(Multi-Scatter Plot)이다.

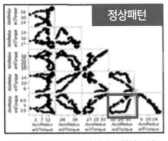

로봇 모터 토크값에 대한 산점도 행렬 그림

위 산점도 행렬에서 보는 것 같이, 동일한 동작 시점만을 뽑아 6개 모터의 토크값 변화를 산점도 행렬로 그리면, 일별로 동일한 패턴이 나타나게 된다. 이는 너무도 당연한 일이다. 로봇은 특정 시점에 동일한 형태의 작업을 반복하도록 설계된 설비이기 때문이다. 동일한 동작을 하도록 제어하기 위해 프로그래밍을 해야 하고, 컴퓨터가 알아들을 수 있도록 제어 프로그래밍을 구성하기 위해 제어 변수가 있는 것이다. 그래서 제어 변수가 동일한 시점이라면, 동일한 동작을 수행하는 시점이 되는 것이며, 동일한 동작을 하는 동안 모터 토크값을 나타내는 데이터는 동일한 패턴으로 나타나야 정상적인 작동이라 할 수 있는 것이다.

이와 같은 추론이 사실이라면, 이제 로봇 고장을 예측할 수 있는 방법이 생겼다. 정상적인 로봇이라면 동일한 동작에서는 동일한 패턴의 토크 변화를 보일 것이지만, 비정상적인 로봇이라면 동일한 동작임에

제조 빅데이터
활용 전략

도 과거 정상적인 시점과 다른 패턴의 토크 변화를 보일 것이기 때문이다. 위와 같은 추론에 따라 동작을 구분하는 제어 변수를 기준으로 동일한 동작을 구분한 후, 모터 토크값 들을 기반으로 예측 모델을 만들 수 있었다.

동일한 패턴을 나타내는 변수들을 구분하고, 그 변수들로 군집분석을 하여 군집을 구분한 후, 군집의 평균과 산포를 계산하였다. 새로 측정된 데이터에 대해 각 군집의 평균과 거리를 구하여 가장 가까운 거리의 군집을 새로 측정된 데이터의 군집으로 지정하고, 해당 데이터가 그 군집의 과거 표준편차 대비 통계적으로 유의한 수준의 차이를 보이는지 여부를 판단하는 알고리즘을 개발하였다. 표준편차 대비 조금만 벗어나는 경우, "주의", 상당한 양만큼 벗어난 경우, "경고"를 주는 방식으로 알고리즘을 개발하였다.

이와 같은 알고리즘으로 분석 대상이었던 로봇들로부터 수집된 상세 데이터를 기반으로 1일 1회 알람 발생 여부를 확인해 보았다. 그 결과 1개의 로봇에서 프로젝트 종료 1개월 전부터 "주의" 수준의 이상 징후를 보였고, 프로젝트 종료 직후 약 5일 간의 "경고" 알람을 발생한 후, 해당 로봇 설비에서 고장이 발생하였다. 실제 예측 모델을 적용한 결과에서 예측 모델의 타당성이 증명된 셈이다. 총 300여 대의 로봇 중 34대만 데이터를 수집하여 고장 예측 모델을 만들었으므로 고장 발생 확률이 1/10이며, 과거 경험에 비추었을 때 1년에 로봇 고장이 발생하는 횟수가 수차례에 지나지 않았다는 점을 감안하면, 하늘이 도운 결과라고 생각한다. 물론, 고장이 발생한 현업 입장에서 하늘이 도운 결과라는 말을 들으면 상당히 기분 나빠하실 수도 있을 것이고, 사실 프로젝트를 수행한

본인도 매우 안타까운 일이라고 생각한다. 하지만, 예측 모델을 만든 입장에서 보면, 고장이 발생한 사건은 개발한 예측 모델의 정확성을 가늠할 수 있는 중요한 결과였다.

설비 고장 예측 모델의 경우, 일반적으로 예측 모델의 정확도를 확인하기 위해서는 예측 모델을 상시로 가동한 이후 한참이 지난 시점이 지나야 한다. 설비 고장이라는 것이 설비 관리자나 생산 관리자의 입장에서 보면 빈번하게 발생하는 문제일지 모르나, 하나의 설비를 기준으로 보면 그리 빈번하게 발생하는 문제가 아니기 때문이다. 매우 한정된 범위의 설비에서 예측 모델을 만들었고, 이를 프로젝트가 끝나는 시점과 거의 동시에 확인할 수 있었다는 점에서 하늘이 도운 결과라고 말하는 것임을 이해해 주셨으면 한다.

고객에게 발생한 고장을 다행이라고까지 하면서 예측 모델의 정확성을 판단할 수 있었던 것에 대해 말하는 것은 본 사례를 경험하면서 만난 현장 관리자께서 데이터를 통해 고장 예측 모델을 만드는 해당 프로젝트가 별로 효용성이 없을 것이라 생각한다는 의견을 주셨기 때문이다. 왜 그렇게 생각하느냐고 묻는 필자의 질문에 그 현장 관리자의 대답은 이러했다. 매일 조별로 근무가 시작되면 가장 먼저 하는 일이 공정 전체를 한 바퀴 돌면서 점검하는 일이고, 로봇이라는 녀석은 고장이 날라 치면 며칠 전부터 이상한 소리가 난다는 것이다. 그러니, 매일 있는 공정 점검을 통해 대부분의 고장을 찾아내어 대처할 수 있는데, 예측 모델을 만들어 활용한들 얼마나 고장 발생 예방에 효과가 있을지 의문이 들고, 그런 작은 효과 때문에 투자 대비 효용성이 낮을 것이라 판단한다는 의견이었다.

제조 빅데이터
활용 전략

이런 현장 관리자의 의견을 듣고 마음에 두고 있던 터라 투자 대비 효용성은 몰라도 현장 관리자가 모르는 상황에서도 고장이라는 것이 발생할 수 있고, 현장에서 모르고 지나칠 수 있는 고장을 예측 모델을 통해 발견할 수 있다는 실증적 사례를 경험한 것 자체가 고마울 수밖에 없었던 것이다.

본 사례에서 필자는 두 가지 교훈을 얻었다고 생각한다.

첫 번째 교훈은 고장이나 품질을 예측하기 위한 모델을 수립하려면, 그에 상응하는 수준의 상세 데이터가 필요하다는 점이다. 앞서 언급하였듯이 30초 동안 수십 가지 이상의 동작을 하는 설비에 대해 고장 예측 모델을 만드는 데 10초 단위의 데이터는 매우 부족한 데이터이다. 최소한 개별 동작을 데이터 상에서 구분할 수 있을 정도의 데이터는 있어야 하는 것이다. 물론, 어떤 대상을 분석하느냐에 따라 그 정도는 달라진다. 예를 들어, 전기 품질이 설비 고장 발생에 매우 큰 영향을 미치는 설비가 있다고 할 때, 예측 모델 개발을 위해 초 단위 데이터는 절대로 충분한 데이터가 아니다. 국내에서 사용하는 전기는 60Hz의 교류 전기를 사용한다. 물론 직류 전기로 바꾸어 사용하는 곳도 있겠으나, 그 경우 교류를 직류로 바꾸어 사용하는 것이므로 이 또한 원천 데이터는 60Hz의 교류이다. 60Hz라 하면, 1초에 60번 +/-가 바뀌는 것을 의미한다. 이때, 파형이 변하기도 하고 최대값이 바뀌기도 한다. 그러므로, 전기 품질을 보기 위해서는 최소한 1초에 60회 정도의 데이터는 수집을 해야 전기 품질의 변화가 데이터 속에 남아 있을 가능성이 있는 것이다.

두 번째 교훈은 자동화하여 계산하는 모델에 충분한 장점이 있다는 것이다. 필자가 만나본 현장 설비 관리자 분들 중 몇몇은 데이터에 기반한 고장 예측 모델에 대해 큰 매력을 못 느낀다고 말하는 경우가 많았다. 그분들이 이렇게 말하는 이유는 예측 모델이 기술적으로 타당성이 부족해서가 아니라, 투자 대비 효율성이 적을 것이라는 생각 때문이었다.

설비 관리자 분들이 이와 같이 생각하는 것은 본인이 해당 분야에서 근무하면서 얻은 경험적 지식에 비추어 내린 결론에 기반한다. 대부분의 사람이 경험적 지식을 신봉하며, 당연히 필자 본인도 그렇다. 경험적 지식은 자신이 직접 경험하여 사실이라고 믿는 지식이며, 이런 지식에 대한 신념은 상당히 강하다.

로봇 설비를 관리하는 설비 관리자들은 경험적으로 로봇 설비의 고장은 많지 않으며, 그 많지 않은 고장 발생의 경우도 설비 관리자라면 반드시 실시하는 근무조별 현장 순회 점검 시에 대부분 발견이 가능했다는 것을 안다. 가끔 미처 대비하지 못하고 급작스럽게 발생하는 고장도 발생 원인을 조사해 보면, 기술적으로 미리 알 수 있었던 상황을 관리의 미숙으로 인해 적절하게 대처하지 못한 결과로 나타난 것이 대부분이다. 그러므로, 기존의 업무 프로세스 내에서 현장 관리에 조금만 더 신경을 쓴다면 설비 고장을 미리 아는 것은 가능하며, 그러므로, 데이터에 기반한 예측 모델의 활용은 투자 대비 효용성이 낮을 수밖에 없다고 생각한다. 기존 업무 프로세스를 유지하면서 사람이 현장 관리에 조금 더 신경을 쓰는 것은 추가 비용이 거의 들지 않지만, 데이터 기반의 예측 모델을 운영하기 위해서는 상당한 투자가 필요하기 때문에 투자 대비 효용성이 떨어진다고 느끼는 것이다.

이와 같은 논리는 굉장히 현실적이고 타당해 보인다. 그래서, 이러한 논리는 예측 모델을 개발하여 활용하기 위해 애쓰는 분들이 넘어야 하는 어려운 관문이 되기도 한다.

하지만, 일면 타당해 보이는 현장 관리자의 이러한 논리와 예측 모델을 개발하여 사용하고자 노력하는 사람들의 주장 간에는 근본적인 차이가 있다. 그 차이는 예측 모델을 활용하는 목적에 대한 인식 차이다. 예측 모델의 활용을 투자 대비 효용성이 낮다고 생각하는 분들은 고장 예측 자체만을 예측 모델의 활용 목적으로 생각한다. 그러므로, 고장 예측을 위해 새롭게 예측 모델을 활용하는 것과 과거처럼 설비 관리자가 현장 순회 과정에서 찾아 고장을 판단하는 것을 비교할 때, 새로 투자한 비용을 상쇄할 만큼의 효과가 없다고 판단하는 것이다. 하지만, 예측 모델을 활용하려고 노력하는 사람들의 목적은 단순히 고장 발생 여부를 사전에 예측할 수 있다는 것뿐만이 아니다. 고장이 발생할 것이라고 예측하는 과정을 사람이 아닌 자동화 프로세스가 진행한다는 점과 이로 인해 객관적인 데이터를 기준으로 어떤 현상을 이해한다는 점에 더욱 큰 가치가 있다고 생각한다. 사람이 아닌 컴퓨터가 고장을 사전에 알려주게 함으로써 사람이기 때문에 어쩔 수 없이 생기는 실수를 최소화 하자는 것이다. 즉, 단순하게 반복적으로 실행해야 하는 일들은 사람이 아닌 컴퓨터의 힘을 빌리자는 것이다. 단순하게 반복적으로 해야 하는 일들을 컴퓨터가 대신하도록 만드는 과정에서 해당 공정이나 설비에 대한 이해는 더욱 높아지고 이것이 기술적인 발전으로 이어지며, 사람에게는 보다 창조적인 업무에 집중할 수 있는 시간적 여유가 생기게 된다.

이러한 미래 가치를 함께 따져 보면, 고장 예측 모델을 만들어 활용하는 것은 단순히 설비 고장을 잘 찾아내어, 고장 발생으로 인한 생산량 감소를 줄이는 것만으로 계산되는 투자 효용성보다 훨씬 더 높은 투자

가치를 갖는 다는 점을 알 수 있다. 그 미래 가치는 사람으로 하여금 단순 반복적인 일에서 자유롭게 만들어 보다 창조적인 일에 보다 많은 노력을 기울이게 함으로써, 기업의 효율성을 높이는 일이라고 할 수 있겠다.

분석을 활용한
기업 혁신 전략

04

04
분석을 활용한 기업 혁신 전략

　분석은 기업 혁신을 위한 강력한 방법을 제시한다. 분석 활동 자체가 기업을 혁신하는 활동이기에, 기업 혁신을 위한 실질적 방안을 제시하는 가장 효율적인 방법이라 할 수 있다. 하지만, 분석적 방법을 활용하여 기업을 혁신하기 위해서는 중요한 전제 조건이 필요한데, "분석 역량", "분석 인프라", "분석 문화"가 그것이다.

　분석 역량은 데이터를 원하는 형태로 처리하고 분석하는 과정에서 유용한 의미를 찾아내고, 결과를 해석할 수 있는 능력이다. 아무리 좋은 데이터와 분석 툴을 가지고 있고 좋은 분석 문화를 가지고 있다 하더라도, 분석할 수 있는 능력이 없다면 할 수 있는 게 아무것도 없다. 그러므로, 분석 역량은 분석적 방법을 활용하여 기업을 혁신하기 위해 없어서는 안 될 가장 중요한 요소이다. 어떤 분들은 향후 AI의 발달과 함께 인간의 분석 역량이 필요 없게 될 것이라 생각하기도 하지만, 이를 위한 알고리즘의 개발 또한 사람이 해야 할 영역이므로 아직 분석 역량은 인간의 영역이라고 하는 것이 옳을 것 같다.

분석 인프라는 분석을 하기 위해 필수적으로 필요한 데이터와 그 데이터를 수집, 정제, 제공하기 위한 IT 시스템과 이를 분석하기 위한 분석용 툴을 의미한다. 데이터가 잘 정리되어 있지 않으면 분석을 위해 데이터를 정리하는 과정에서 너무 많은 노력이 필요하게 되어 분석 활동 자체를 지속할 수 없다. 그리고, 분석용 툴이 없다면 데이터를 분석하기 위한 알고리즘 자체를 별도로 구해야 하는 번거로움으로 인해 효율적인 분석을 진행하기 어렵다.

　　분석 문화는 분석 활동을 독려하고 분석 결과를 받아들이는 조직의 마음 가짐이다. 분석을 통해 얻어낸 결과가 큰 성과를 내는 것일수록 과거 경험에 기반해 알고 있는 사실과 다른 결과일 가능성이 높다. 만약 분석을 통해 얻은 결과가 과거 경험과 동일한 결과라면, 분석 행동 자체가 큰 의미 없는 것으로 받아들일 수밖에 없기 때문에 성과가 큰 분석 결과일수록 기존 경험적 지식과 다를 수밖에 없다. 그런데, 과거 경험에 대치되는 결과는 쉽사리 받아들이기가 어렵다. 그러니, 혁신적인 분석 결과일수록 과거 경험에 대치된다는 이유로 배척되기 쉽다. 이런 아이러니를 해결할 수 있는 방법은 분석적 결과를 과학적 결과로 받아들이는 문화밖에 없다.

　　이 세 가지 요소는 서로 유기적으로 연계되어 있어서 개별적으로 다루는 것은 큰 의미가 없어 보인다. 위에서 언급한 세 가지 요소를 염두에 두고, 이와 연관된 다른 개념들을 이해하는 것이 좋을 것 같다.

Ⅰ 분석 문화와 IT 시스템

어느 기업이든 분석을 통해 내부 혁신을 이끌어 낼 수 있으려면 반드시 분석 문화가 갖춰져 있어야 한다. 물론 완벽하게 모든 것이 갖춰져 있는 상태에서 어떤 일을 진행하는 기업은 세상에 없겠지만, 분석적인 방법을 활용하여 프로세스 혁신을 달성하기 위해서는 반드시 그 기업의 분석 문화만은 어느 정도 기반이 갖추어져 있지 않으면 안 된다.

기업에서 분석적 방법으로 내부 혁신을 이루려고 할 때, 왜 기업의 분석 문화가 중요한지 살펴보자.

기업은 상사와 부하직원, 선배와 후배 등으로 이루어진 조직집단이다. 대부분의 상사, 선배들은 부하직원이나 후배보다 그 기업의 프로세스와 공정에 대해 더 많은 지식과 경험을 가지고 있다. 분석적인 방법을 활용한 혁신은 그 동안의 통념과는 다른 분석 결과를 바탕으로 기존에 알고 있는 지식과 다른 기술적 결론에 도달하도록 하는 것이 핵심 원동력이다. 그러므로, 분석적 방법으로 기업을 혁신하기 위해서는 아직 충분한 기술적 증거가 없는 상황에서 조차 기존의 통념을 깨는 분석 결과를 배척하지 않는 기업 문화가 반드시 필요하다. 다시 말해 기존 지식 기반에서는 잘 이해가 안 되지만, 실존하는 어떤 현상이 반복적으로 나타난다면 분석을 통해 그 현상을 발견할 수 있게 될 것이고, 그 분석 결과로 발견한 현상을 이상하게 여겨 좀 더 깊게 연구해 보는 원동력으로 삼는 것이 분석적인 방법을 활용한 혁신을 위해 반드시 필요하다는 것이다.

그런데, 상사 또는 선배가 부하직원이나 후배가 어렵게 만들어 온 분석 결과를 기존 지식으로 잘 이해가 되지 않는다는 이유로 후배와 부하 직원의 지식 부족을 나무라고, 분석결과를 후배와 부하직원의 무지로 인한 산물로 치부해 버린다면 어떻게 될까? 그런 꾸지람을 들은 후배나 부하직원은 다시는 그런 분석을 하지 않을 것이다. 현재의 지식으로는 이해하기 힘든 분석 결과지만, 해당 분석 결과가 틀렸다는 근거를 명확하게 제시하지 못하는 한, 가능성이 있는 하나의 과학적 가설로 받아들이는 문화! 이것이 분석적 방법을 통한 혁신을 달성하는 데 가장 기본적이면서도 중요한 요건 중의 하나이다.

반면, 일부 기업에서 분석적 방법을 활용하여 기업 혁신을 도모하려고 할 때 흔히 생각하는 것이 시스템 도입이다. 그래서인지 특정 IT 시스템을 솔루션(Solution)이라고 부른다. 솔루션이라는 단어 자체가 갖는 "어떤 문제에 대한 해결책"이라는 의미 때문인지, 시스템만 도입하면 된다고 생각하는 경우를 심심치 않게 볼 수 있다. 하지만, IT시스템만 도입한다고 원하는 기업 혁신을 이룰 수 있을까? 아무리 좋은 IT 시스템이라도 그 시스템을 쓰는 사람들이 잘 활용하지 못한다면 무슨 소용인가? 더구나, 데이터 분석 영역은 다른 IT 시스템에 비해 상대적으로 어려운 "분석"이라는 활동이 포함되어 있다. "통계"라는 말만 들어도 거부감을 갖게 되는 사람들에게 분석 시스템을 잘 구축해준다고 한들 사용이나 하겠는가 말이다.

물론 시스템 도입은 필수적인 것이다. 하지만, 시스템만 도입해서는 그 혁신 과정이 실패할 확률이 높다는 것을 잊어서는 안 된다. 시스템을 도입하기 전에 반드시 데이터의 중요성 및 데이터 분석의 중요성을 내부 인력들과 공유하고 지속적으로 강조함으로써, 현재 가지고 있는 역량을 최대한 사용하여 데이터를 분석하도록 하는 분석 문화의 구축이 우선되어야 한다.

위에서 언급한 바와 같이 기업 내부에 분석 문화가 어느 정도 구축되어 있다면, 그다음은 반드시 IT시스템이 필요하다.

분석 문화는 굉장히 활성화 되어 있는 기업에 IT 시스템이 없다고 생각해 보자. 기업 구성원들은 데이터를 구하기 위해 너무 많은 시간을 허비할 것이고, 분석 툴도 없어서 다양한 해석을 할 수 없어 답답해 할 것이다. 이런 과정이 반복이 되면 결국엔 데이터 분석을 포기하고 말 것이다. 그런 의미에서 분석 문화와 IT 시스템은 서로 상호 보완적인 관계이다. 분석 문화만 있어서도 안 되고, IT 시스템만 있어서도 안 된다. 탄탄한 분석 문화를 기반으로 기업의 상황에 맞는 IT 시스템이 도입될 때, 분석적인 방법을 활용하여 기업의 혁신을 이끌어 내는 일이 비로소 가능해진다.

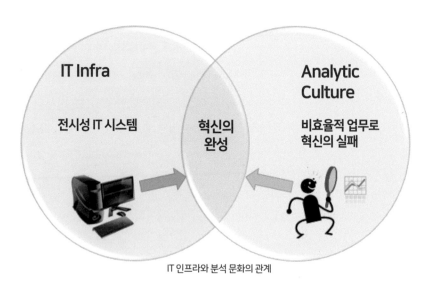

IT 인프라와 분석 문화의 관계

┃ 분석을 위한 시작, 데이터 인프라

분석을 위해 데이터 인프라는 필수적이다. 데이터 인프라라고 하면 조금은 거창하게 들리고, 단어가 주는 위압감(기업에서 느끼는 가장 큰 위압감은 단연코 투자 비용일 것이다)이 있는 것도 사실이다. 인프라라고 하면 많은 비용이 들 것으로 생각되고, 데이터 양에 따라 기하급수적으로 비용이 증가할 것처럼 생각이 들기도 한다. 그러나, IT 기술의 발전으로 데이터 저장 공간 확보에 필요한 비용이 현저하게 줄어들고 있어 데이터 저장을 위한 디스크 확보 비용보다는 이를 관리하는 소프트웨어 비용이 훨씬 비싼 것이 사실이고, 소프트웨어 비용은 디스크가 커진다고 그에 비례해 비싸지는 것이 아니고 데이터를 수집하는 범위에 따라 달라지므로 데이터가 많고 적음으로 인해 들어가는 비용의 차이는 그리 크지 않다고 할 수 있겠다. 그런데도, 아직까지 많은 기업들이 데이터 저장 용량에 대해 매우 민감하고, 되도록이면 적은 데이터를 보관, 관리하려고 한다. 물론 쓸모 없는 데이터를 많이 가지고 있어서 관리하는데 많은 비용이 발생한다면, 이는 분명한 낭비 요소일 것이다. 하지만, 어떤 데이터가 쓸모 없는 데이터인가? 현재 사용하지 않는 데이터가 쓸모 없는가? 현재는 쓸모 없는 것처럼 생각될지 모르나 그 쓸모 없는(?) 데이터가 없다면, 미래에 과거를 돌아보고 모르고 지나쳤던 미세한 변화의 증거를 어떻게 찾을 것인가?

이런 관점에서 보면, 분석을 위해 필요한 데이터를 수집하는 인프라도 분석 문화와 무관하지 않다는 것을 쉽게 이해할 수 있다. 기본적으로 분석의 필요성을 알고 잘 활용할 줄 아는 기업은 데이터 인프라는 그냥 필요한 것이라 생각하고, 비용이 허용하는 한도 내에서 가능한 많은 양의 데이터를 보관하고 이를 활용하려고 노력한다. 반면, 그렇지 못한 기업에서는 뭐 하러 쓸 수도 없는 데이터를 수집하려고 애를 쓰냐고 말하며, 되도록 데이터 보관을 위해 필요한 비용을 줄이려 한다. 이 또한 분석 문화의 차이에서 오는 시각 차에서 기인한다.

A사에서의 일이다. 필자가 A사와 처음 인연을 맺을 당시 A사는 MES(Manufacturing Execution System) 구축에 심혈을 기울이고 있을 때였다. 생산 데이터 집계, 수집, 분석을 포함한 광범위한 영역에서 MES를 구축하고, 수집된 정보를 활용하여 제조 생산성을 높이려는 활동에 박차를 가하고 있는 시기였다. 그러던 A사에 고민이 한 가지 있었다. 수년 간 많은 돈을 들여 만들어 놓은 MES 시스템인데, 활용성이 떨어진다는 내부 반성의 목소리가 나오고 있었으며, 이에 어떻게 하면 활용성을 높일 수 있을까 하는 고민이었다. 그러한 고민이 깊어질 때 즈음, 우연한 기회에 A사 MES 담당 임원과 관계자들 앞에서 제조 Big Data 분석과 활용에 대한 세미나를 진행하게 되었는데 그 자리에서 의아한 말을 듣게 되었다. 세미나 후 담당 임원과 관계자들이 한결같이 '우리 회사는 데이터는 너무 많은데, 어떻게 분석해야 할 줄 모르겠다'고 말하는 것이었다. 사실 그 말을 처음 들었을 때, '어떻게 데이터가 너무 많을 수가 있지? 보통은 데이터가 없어서 문제인데……'라는 의문이 들었지만, '얼마나 많은 데이터를 수집하길래 데이터가 너무 많다고 하십니까?'라고 묻는 것은 듣는 이에 따라서는 매우 기분 나쁘게 들릴 수도 있는 질문이라고 생각하여, 많은 데이터를 수집하고 있구나 하고 무심코 넘겼다. 그 후 잠시지만, A사의 데이터 현황을 파악하는 시간을 갖게 되었고, 담당 임원과 관계자

들이 말한 "너무 많은 데이터"라는 것이 주요 설비 파라미터에 대해 수 개월 치의 1분 간격 데이터와 3년 치의 1시간 요약 정보라는 것을 알게 되었다. 이들은 온도, 압력, 전류 등 설비 운전 상태에 대해 알 수 있는 주요 파라미터였다. 과연 이 정도의 데이터를 가지고, "너무 많은 데이터"라고 할 수 있을까?

한 가지 예로 전기적 현상은 불과 수십 ms 내에 변화를 보이며, 값의 변동성이 커서 1분 snapshot 정보와 초 단위 데이터의 1분 평균 정보가 많게는 7~8%까지 차이가 나기도 한다. 예를 들어 100A 정도를 사용하고 있는 설비에서 5% 차이가 난다면, 5A의 차이인데 이 정도 차이면 완전히 다른 공정 조건으로 받아들여 질 수 있는 큰 차이이며, 이는 데이터 분석의 결과를 전혀 다른 방향으로 인도할 수도 있다. 이렇듯 분석하기에 충분히 상세하지 않은 데이터를 가지고 '데이터가 너무 많다'고 할 수 있을까? 필자가 세미나에서 기회만 되면 언급하는 기업이 하나 있다. 우리나라에서 가장 데이터를 사랑하는 회사로 손꼽는 B사다. B사는 특정 공정에서 5ms 단위의 데이터를 수집하고 있으며, 한 개 공정에서 수집되는 데이터만 1개월에 20TB가 넘는다. 너무 데이터의 양이 많아 5ms 단위의 상세 데이터는 1개월밖에 저장하지 못하고, 장기 보관용 데이터는 요약하여 보관하고 있었다. 그런데, 5ms 단위의 상세 데이터를 더 잘 활용하기 위해 3개월 이상 저장할 수 있는 효율적인 방법을 연구소에서 연구 과제로 진행하고 있었다. B사는 5ms 단위의 1개월 데이터와 1분 단위의 영구 보전 데이터에도 데이터의 부족을 느껴 상세 정보의 보관 주기를 늘리기 위해 노력하고 있었고, A사는 수개월 치의 1분 단위의 데이터도 너무 많다며 보관 주기를 줄이려고 고민하면서 내부적으로는 데이터가 너무 많아 분석하기 힘들다는 인식을 가지고 있었던 것이다. 이러한 두 기업의 차이를 보면, 데이터가 많다 적다는 것은 자기가 다룰 수 있거나 다루어 본 경험이 있는 정보의 양을 기준으로 판단하는 극히 개인적인 의견에 불과한 것이 아닐까 하는 생각이 든다.

데이터가 그렇듯, 데이터 인프라도 마찬가지다. 데이터 인프라도 현재 그 기업이 데이터와 분석을 어떻게 인식하고 있느냐에 따라 다르게 받아들여 질 수밖에 없다. 데이터를 중요하게 여기는 기업에서는 데이터 인프라도 중요하게 여겨 충분한 성능과 용량의 데이터 인프라를 구축해 놓는다. 현재 필요한 정도의 성능과 용량이 아니라, 미래 필요한 성능과 용량을 감안하여 구축해 놓는다. 하지만, 아직 데이터 인프라가 충분히 준비되어 있지 않은 기업이 초기부터 완벽하게 모든 데이터를 다 모을 수 있도록 커다란 시스템을 만들 필요는 없다. 어쩌면 데이터 양은 크게 중요하지 않다고 말할 수 있겠다. 데이터의 양은 활용하는 사람 수에 따라 달라지는 것이기 때문에 아직 데이터 수집에 별 요구 사항이 없는 기업에 데이터를 활용하는 사람이 많을 리 만무하고, 데이터를 제공하기 위해 저장해 놓은 데이터의 양 또한 많을 필요가 없다는 것이다. 데이터 인프라를 고려할 때 가장 중요한 것은 데이터의 양이 아니라, 데이터의 활용 편리성이다. 데이터를 활용하려고 할 때 편하게 데이터를 조회하고, 원하는 형태로 가공하여 분석할 수 있도록 제공할 수 있어야 한다는 것이다. 적은 범위의 데이터라도 사용자가 편하게 활용할 수 있도록 제공할 수 있는 데이터 인프라면 충분하다. 인프라라고 해서 너무 거창하게 생각할 필요 없다는 말이다. 우리 기업에 맞는 활용이 가능한 인프라면 충분하다.

여기서 "활용"이라는 단어를 좀 꼼꼼히 생각해 볼 필요가 있다. 데이터의 활용은 두 가지 측면으로 구분하여 생각해 볼 수 있다. 하나는 데이터를 분석하는 활동 자체에 활용하는 것을 의미하는 1차적 활용이고, 다른 하나는 데이터 또는 데이터 분석 결과를 업무 프로세스에 활용하는 2차적 활용이다.

기업들이 일반적으로 IT 시스템의 "활용"을 생각할 때, 대부분 2차적 활용에 초점을 맞추고 있다. 그도 당연한 것이 대부분의 IT 시스템은 데이터의 수집, 분석을 함께 하도록 제공하는 시스템이다 보니, 분석 과정은 IT 시스템이 자체적으로 수행하도록 만들어진다. 따라서, 시스템의 활용을 생각할 때 분석 과정을 거쳐 나온 결과를 업무에 어떻게 활용하느냐는 것에 초점이 맞춰질 수밖에 없다. 하지만, 데이터 인프라의 경우는 다르다. 데이터 인프라는 2차적 활용을 위해서 존재하는 IT 시스템이 아니다. 데이터의 1차적 활용, 즉 분석 활동 자체를 지원하는 시스템이다. 그러니 정해진 분석 방법도 없다. 어떤 데이터로 분석해야 하는지 방향도 정해져 있지 않다. 그러니, "활용"도 다른 관점에서 봐야 한다. 일반적인 IT 시스템처럼 시스템에 접속하는 횟수 같은 단순한 지표로 판단할 문제가 아니다. 소수의 인원이라도 제대로 활용할 수 있으면, 그걸로 충분하다는 말이다.

다시 데이터 인프라로 돌아가보자.

물론 데이터 인프라를 구축함에 있어 많은 사람이 다양한 분석에서 활용할 수 있도록 만드는 것이 좋다. 하지만, 아직 그 데이터를 제대로 활용할 수 있는 인력도 없고, 분석 활동을 활발히 하는 문화도 아닌 기업에서 데이터 인프라만 크게 구축해 놓는다면, 그야말로 돈 낭비일 것이다. 그렇다면 어떤 형태로 데이터 인프라를 구축하는 것이 효율적일까?

데이터 인프라를 구축할 때, 가장 먼저 고려해야 할 것은 데이터가 속해 있는 분야와 그 인프라를 활용할 인력의 규모이다. 데이터 인프라라는 것이 그 속성상 향후 활용하는 인력의 확대를 목적으로 할 수밖에 없으므로, 특정 인력들만을 위해 만드는 것은 데이터 인프라라고 할 수 없다. 그러므로, 데이터 인프라를 처음 구축할 때 가장 먼저 고려해야 할 것은 어느 분야를 먼저 구축할 것인가 이다. 현재 가장 이슈가 되는 분야라든가, 전략적으로 가장 중요하다고 생각하는 분야를 선택하면 된다. 많은 제조업 기업에서 이런 분야를 생각할 때 가장 먼저 떠오르는 분야가 품질일 것이다. 품질은 거의 모든 제조업에서 가장 중요하게 생각하는 분야이며, 최종적으로 문제가 드러나게 되는 분야이기 때문이다. 하지만, 막연히 품질이라고 하면 그 분야가 너무 넓다. 고객 품질도 있고, 개발 품질도 있고, 제품 품질, 생산 품질도 품질에 해당하기 때문이다. 이들 중 하나만 선택해 보자. 무엇이든 좋다. 여기에 현재 우리 회사 내에서 가장 좋은 분석 문화를 가지고 있다고 판단되는 조직이 관리하는 영역이고, 그 조직 내에 분석에 관심을 가지고 있는 열정적인 담당자 한 명이 있는 분야면 어디든 좋다.

하지만, 이 또한 데이터 수집 범위나 규모가 모호한 것은 마찬가지라고 생각할 수 있겠다. 만약 이 정도의 데이터 인프라 구축을 위한 데이터 범위가 아직 모호하다고 느끼는 기업이라면, 일단 해당 영역 중 가장 많은 데이터를 가진 영역으로 그 범위를 한정해 보자. 모든 제조업에는 공정이 있다. 공정에는 적절한 설비가 필요하다. 그러므로, 가장 많은 데이터는 공정에서 생성되는 데이터이고, 이중에서도 가장 많은 데이터가 설비에서 생성된다. 자동차나 가전제품을 생산하는 기업들은 생산하는 제품의 특성으로 인해 설비에서 나오는 데이터뿐 아니라, 제품을 만드는 과정 중 검사와 관련된 데이터들이 상당 부분 존재한다. 이런 특징을 가지는 기업들은 그 검사 정보부터 데이터 인프라로 통합해서 분석에 활용해 보자. 분명 그 검사 정보로부터 많은 분석 활동이 연계될 수 있을 것이다. 물론 모든 데이터가 통합되어 있지 않기 때문에 다른 데이터들은 분석을 위해 별도로 수집을 해야 할 수도 있겠지만, 가장 많은 부분을 차지하는 데이터가 이미 인프라 시스템에 수집되어 있기 때문에 데이터 수집에 가장 많은 시간이 소요되는 부분은 이미 준비가 되어 있는 셈이다. 게다가 가장 많은 데이터라는 의미는 가장 많은 영역과 관련이 있다는 의미이므로, 확장성 측면에서도 가장 유리할 것이다. 그러므로, 확률적 측면에서 데이터 인프라를 구축하고자 할 때 가장 먼저 구축해야 할 영역이 될 것임은 자명하다. 만약, 정유회사나 화학회사처럼 공장 자체가 설비인 기업에서는 검사 정보보다는 설비 운영 과정 중 생성되는 운전 데이터가 가장 많은 데이터일 것이다. 그러므로, 이런 기업들은 설비 제어 데이터를 먼저 통합해 보는 것이 타당할 것이다.

그런데, RTDB(Real-Time Database)를 이미 보유하고 있어서 설비 운전 데이터를 통합하여 저장 및 제공하고 있는 정유회사나 화학회사에 다니는 분들은 이미 데이터 인프라를 가지고 있기 때문에 더 이상 필요 없다고 생각하실 수도 있고, 제품 검사 정보를 이미 통합하여 수집하고 있는 기업도 데이터 인프라를 가지고 있어서 필요 없다고 생각할 수도 있을 것이다. 하지만, 데이터 인프라는 데이터의 수집보다 데이터의 활용이 더 중요하다. 이미 수집되어 있는 데이터들이라 해도 그 활용 방법

및 범위에 따라 별도의 데이터 인프라가 필요하기도 하다는 말이다.

　예를 들어 RTDB의 경우는 굉장히 훌륭한 데이터 수집 인프라이다. 실시간으로 많은 양의 설비 데이터를 수집하고 저장한다. 그런데, RTDB는 많은 양의 데이터를 수집하고 저장하는 것에 특화된 데이터 수집 인프라이지만, 데이터 분석을 위해 대용량의 데이터를 제공하기에 적합한 인프라는 아니다. RTDB를 도입해서 활용하고 있는 많은 기업에서 데이터 제공 속도로 인해 대용량 데이터 활용에 어려움을 겪고 있는데, 이는 RTDB의 특성을 감안할 때 어쩌면 당연한 것이다. RTDB는 그 태생이 데이터의 빠른 수집과 실시간 모니터링이 그 목적이지, 대용량 데이터의 제공을 그 목적으로 만들어진 것이 아니기 때문이다. 그러므로, RTDB를 가지고 있는 기업들도 RTDB 내 데이터를 분석용 데이터로 활용하기 위해서는 별도의 데이터 제공용 인프라가 필요할 수밖에 없다.

　데이터 인프라는 현재 우리 회사의 분석 문화, 분석 역량에 따라 다르게 구축해야 한다는 점을 명심하자. 분석 역량이 충분한 기업의 경우 대단위 데이터 인프라를 구축하는 것이 효율적이겠으나, 아직 분석 역량이 충분하지 않은 기업이라면, 전략적으로 가장 중요하다고 생각하는 분야를 하나 정하여 그 분야에 대해서만 데이터 인프라를 구축해 보자. 혹시 그 영역조차 정하기 어렵다면, 가장 많이 활용할 수 있는 데이터인 설비로부터 생성되는 시계열 데이터를 대상으로 인프라를 구축하는 것이 가장 효과적일 것이다. 데이터 인프라라고 거창할 필요도 없다. 만약 기업 내에 특정 RDB(Rational Database)에 대한 여분의 License를 가지고 있거나 Site License(기업 전체에서 무한대로 사용할 수 있도록 맺는 계약 방식)를 가지고 있다면, 그 RDB를 그대로 사용하면 된다. 물론 데이터 인프라 구축을 위해 개발인력이 투입되어야 하는 건 어쩔 수 없을 것이지만, 일반적으로 IT 시스템 구축 시 라이선스 구매 비용이 상당한 비중을 차지하는 것을 감안할 때, 라이선스 구매 비용 없이 상대적으로 저렴한 비용으로 데이터 인프라를 구축해 보는 것은 상대직으로 쉬운 일이다. 그렇게 활용하다가 사용자가 늘어나면 자연히 성능에 문제가 발생할 것이고, 그때 가서 좀더 성능 좋은 시스템으로 확대하면 된다. 성능에 문제가 될 정도로 활용이 많아진다면, 시스템을 업그레이드 해야 하는 이유는 충분할 것이다.

┃ Process Control by Data

"데이터를 기반으로 프로세스를 조정한다!". 어쩌면 너무나도 당연한 것 같은 이 말이 우리나라 제조 현장에서는 매우 낯선 말이기도 하다.

제조 현장은 많은 기술들의 집합체로 이루어져 있다. PID 같은 제어 기술, 설비 구조와 관련된 구조역학, 설비간 연결을 위한 통신 기술 등 수없이 많은 전문 기술 분야의 지식들을 생산 활동의 각 영역에 적용함으로써, 비로소 한 공장에서 제품이 만들어지고 있다. 이처럼 최첨단의 공학적 지식들이 제조 현장에 많이 사용되니, 제조업을 주로 하는 기업에 취직하기 위해서는 이공 계열 대학에 진학해 일반 수학, 일반 물리학, 일반 화학 등 전반적인 기초 과학 지식을 습득하고, 이후 각자 전공에 따라 전문적인 지식을 공부하고 연구하지 않는가?

그런데, 막상 회사에 입사해 보면, 이러한 고차원적인 기술과는 거리가 멀어 보이는 상황을 흔히 접할 수 있다. 많은 제조 현장에서 수십 년 동안 동일한 형태의 설비 고장이 발생하는데도 별다른 대책을 세우지 못한 채 설비를 교체하거나 재가동시키는 정도로밖에 대처를 하지 못하는 경우나, 동일한 품질 불량으로 인해 고객으로부터 지속적인 Claim 을 받는 데도 불량 발생의 근본 원인을 정확히 알지 못하여 고생하는 경우를 흔히 볼 수 있다. 이런 현상은 너무나 생산 활동 자체에 급급한 나머지 정확한 원인 파악 과정을 거치지 못하고, 그 시점에 우선 할 수 있는 것부터 이것저것 임기응변식으로 대처하면서 생긴 현상이라고 할 수 있을 것이다. 이는 우리나라 기업들이 정확한 원인 분석을 위한 사고 (思考)보다, 빨리 뭔가를 진행하고 나서 결과를 보는 행동(行動)을 더 좋아하는 조직 문화가 한몫하는 것 같기도 하다.

이러한 문화적 관점에서 "Process Control by Data"를 논의하기 위해 먼저, 여러 제조업 현장에서 흔히 볼 수 있는 트러블 발생 상황을 가정하여 우리 기업의 조직 문화에 대해 먼저 생각해 보도록 하자.

제조 현장에서 트러블이 발생했을 때, 내부 구성원들이 자신의 상급자에게 원인과 조치 사항 및 재발 방지를 위한 대책을 보고하는 것은 논리적으로나 상식적으로 너무나 당연한 일이다. 이런 상황에서 내부 구성원이 해야 할 일은 "원인 분석", "조치 사항", "향후 재발 방지 대책"으로 구분될 것이며, 어느 기업 어떤 상황에서도 적용 가능한 구분이라 할 수 있다. 그러나, 어디서나 적용 가능한 것이 이러한 영역 구분이지만, 이상하게도 이 세 가지 해야 할 일들이 구성원의 입장에 따라 다르게 받아들이는 모습을 어렵지 않게 보게 된다.

엔지니어 입장에서는 "원인 분석"이 매우 중요하다. 정확한 원인을 알아야 정확한 "조치 사항"이 나올 것이고, "향후 재발 방지 대책"도 정확하게 수립할 수 있기 때문이다. 하지만, 이렇게 중요한 "원인 분석"은 너무 기술적(技術的, Technical)이어서, 일부 관리자들에겐 이해하기 어려운 부분이 있는 것도 사실이다. 그리고, 원인에 대한 분석은 직접적인 효과를 나타내는 행동이 아니다. 물론, 원인에 대한 정확한 분석이 있어야 효과적인 행동으로 이어질 수 있겠으나, 직접적인 효과를 나타내는 것은 향후에 있을 행동이다. 그래서, 기업의 관리자들에게는 "원인 분석"보다는 "조치 사항"과 "향후 재발 방지 대책"이 더 중요하다. 원인이야 어떻든 "조치 사항"이 문제를 해결하고, 실질적 결과를 만들어내는 직접적 과정이기 때문이다. 이러한 이유로, 관리자들 입장에서는 정확한 "원인 분석"이 안 되었을 때조차 "조치 사항"은 반드시 있어야 한다. "원인 분석"은 실무자가 논리적으로 타당하게 추측을 할 수 있지만, "조치 사항"은 직접 실행한 결과여서 매우 직접적으로 실행 여부가 나타나게 되므로 "원인 분석"이 늦어 "조치 사항"의 실행이 늦어지면, 모든 것이 늦어진 것으로 비춰질 수밖에 없다. 어떤 트러블 상황에 대해 대응이 늦다는 것은 "원인 분석"에 오랜 시간이 걸렸거나, "조치 사항"을 찾는 데 오래 걸려 생긴 현상일 것이다. "원인 분석"은 논리적으로 타당하게 구성할 수 있는 대상이고, "조치 사항"은 "원인 분석"의 결과로부터 자연적으로 발생하는 결과이므로, 트러블 상황에 대한 대응 속도는 "원인 분석" 속도에 달려 있다고 해도 과언이 아닐 것이다. 하지만, 실제로 그 속도를 평가 받는 지표는 "조치 사항"으로 나타날 수밖에 없다. 이런 "원인 분석"과 "조치 사항"의 관계로 인해 관리자는 "원인 분석"보다는 "조치 사항"에 더욱 관심을 가질 수밖에 없는 것이다.

그러면, 만약, 어떤 트러블이 발생한 상황에서 "원인 분석"이 정확하게 안 되는 경우라면, 관리자는 어떻게 반응할까? 어떤 관리자가 원인을 잘 모른다는 이유로 아무 조치도 하지 않고 가만히 있을 수 있겠는가? 원인을 정확하게 모르겠다고 보고하는 것도 어렵겠지만, 원인을 정확하게 몰라서 아무것도 못하고 있다는 보고는 더더욱 못할 것이다. 그래서 정확한 "원인 분석"이 뒷받침되지 않더라도 "조치 사항"을 정하고, 그것을 실행하는 것이 우선시 되는 경우를 흔하게 볼 수 있는 것이다. 이러한 "조치 사항"을 우선시 하는 관리자의 행동은, 뭔가 실행을 해 놓았으니 '내가 놀고 있었던 것이 아니다'라고 말하고 싶은 관리자의 속마음을 표현한 행동 언어일지도 모르겠다.

　정리해서 말하자면, "원인 분석"보다 "조치 사항"을 중요시하는 조직의 습성으로 인해 마구잡이식으로 "조치 사항"을 난발하게 되는 것이라 할 수 있겠다.

　앞에서 가정했던 "원인 분석"이 정확하게 안 되는 상황은 제조업 현장에서 흔하게 볼 수 있고, 실제로 정확한 원인을 파악하기 위해 상당히 오랜 시간이 걸리기도 한다. 많은 제조업 현장에서 몇 년 또는 몇 십 년 동안 동일한 형태의 불량과 설비 고장이 발생하고 있으나, 그 발생 원인을 정확하게 모른 채 지내고 있는 경우를 어렵지 않게 찾을 수 있다. 이렇게 "원인 분석"이 어려운 트러블 상황에 오랜 시간 동안 노출된 기업에서는 과거 경험의 틀에 갇혀, 실제로는 다른 원인으로 인해 발생한 트러블을 해결하기 위해 새로운 원인을 찾으려 노력하기보다, 과거에 경험했던 범위 내에서 원인을 찾고, 그 원인을 바탕으로 "조치 사항"을 결정한다. 그러다가 과거 경험과 다른 결과가 나타나게 되면 예외 현상으

제조 빅데이터
활용 전략

로 치부해 버리고 만다.

그런데, 왜 기술의 집약체인 제조 현장에서 이런 상황이 지속적을 발생하는 것인가 의문이 들지 않을 수 없다. 왜 현장에서 발생하는 설비 고장이나 품질 불량에 대해 하나하나 근본 원인을 과학적으로 분석하여 찾고, 하나에서 열까지 과학적으로 이유를 밝혀내는 것이 그리도 어려운 것일까?

이러한 어려움의 원인 중 기술적 난이도가 너무 높아서 현재의 과학적 지식으로는 풀기 어려운 일도 있을 수 있겠지만, 기술적 난이도가 너무 높아서 풀지 못하는 문제들을 제외한다면, 크게 두 가지로 나누어 어려움의 원인을 생각할 수 있을 것 같다.

첫째는 제조업에서 제품을 생산하고 있는 환경이 불완전하다는 점이다.

모든 기업은 이윤을 추구한다. 그것이 기업의 숙명이다. 이윤을 내지 못하는 기업은 기업으로써의 역할을 충실히 수행하지 못하고 있는 것이다. 이윤을 내지 못하는 기업은 없어져야 할 대상이 된다. 그에 앞서 이윤을 내지 못한다고 생각하는 기업은 애초에 만들지도 말아야 한다. 그러므로, 모든 기업은 이윤을 내기 위해 노력을 한다. 이러한 노력 중 가장 기본적인 것이 적정한 투자이다. 이윤을 추구하는 기업에서 학문적 성과를 지향하는 연구소와 같이 정밀한 측정기를 갖추고, 외부 환경이 실험 조건에 영향을 주지 못하도록 환경 조건을 조절하는 것은 매우 어려운 일이다. 물론 청정도가 매우 중요하여 Clean Room에서 항온, 항습 상태를 유지하면서 생산을 해야 하는 반도체 생산 공정의 경우에도 더 정밀한 측정기, 더 정밀한 설비 제어 장치가 있다면, 좀 더 기술적으로 완벽하게 생산 과정을 제어할 수 있겠지만, 이윤을 추구하는 기업의 원칙을 유지하는 수준에서 투자가 결정될 수밖에 없다. 즉, 반도체 산업은 Clean Room 같은 값비싼 공정 조건을 갖추어야만 생산이 가능한 제품이며, 그만큼의 이익을 가져다 주는 사업이기에 항온, 항습 상태를 유지하도록 설비를 구성하는 것이다. 하지만, 다른 산업의 생산 환경에 비해 잘 제어할 수 있는 공정을 가진 반도체 공정 또한 완벽한 공정이라 할 수 없다. 모든 영역에 모든 항목을 측정할 수 있도록 센서를 설치하는 것은 불가능한 일이기에 반도체 공정에서도 적당한 수준으로 공정과 설비를 구성할 수밖에 없다.

다시 말해, 제조업에서 제품을 생산하는 환경은 그 제품을 생산하기 위한 최상의 상태를 위해 설계된 것이 아니라, 제품을 생산하면서 최적의 이윤을 내기 위해 적당히(?) 설계된 환경이라는 말할 수 있겠다. 이러한 불완전한 제품 생산 환경에서 생산을 하다 보니 당연히 이유를 알기 힘든 트러블이 지속적으로 발생하는 것이라 말할 수 있겠다.

두 번째 이유는 트러블이 발생하는 원인을 밝혀내기까지 너무 많은 시간이 걸리는데 비해, 제조 현장은 그 많은 시간을 기다려 줄만큼 여유가 없다는 점이다. 제조 현장의 특성상 제품 생산이 기업의 이익과 밀접하게 연관되어 있어, 정확한 원인을 늦게 찾아내는 것보다 완전하지는 않지만, 빠르게 뭔가를 진행하는 게 기업 이익 추구 측면에서는 더 나을 수 있다. 특별한 경우(사람의 생명에 치명적인 영향을 줄 수 있는 등 법에 저촉되는 사항인 경우)를 제외하면, 정확한 원인 분석이 완료될 때까지 생산 자체를 멈추는 기업은 어디도 없을 것이다.

이러한 두 가지 이유로 인해 많은 기업들이 제조 과정에서 고질적인 문제를 가지고 있지만, 근본적인 원인을 분석해 내는 것은 굉장히 어려울 수밖에 없다. 근본적인 원인을 자세하게 분석하기보다는 경험적으로 알고 있는 것을 적용하는 편이 훨씬 빠르게 조치할 수 있는 방법이 된다. 이런 상황이다 보니, 제조 현장에서 철저한 원인 분석보다 우선 경험에 의해 상황을 판단하는 것은 어쩌면 당연한 반응일 것이다.

게다가, 경험에 근거한 원인 분석과 상황 판단은 상급자에게 보고하기도 편하다. '과거에 이런 비슷한 현상이 있었는데, 이렇게 조치해서 해결했다'는 식의 보고는 과거 경험을 바탕으로 하고 있기에 반박하기 어려운 경우가 많다. '어떤 제약 조건에 의해 발생한 제한적인 현상을 성급하게 일반화를 한 것'이라고 정확하게 반박하지 못하는 한, 오랜 동안 경험적으로 알고 있었던 지식이 잘못되었다고 반박하기는 매우 어렵다. 그러므로, 기술적으로 명확하게 규명된 근본 원인을 모르는 한, 경험적 지식을 바탕으로 한 의사 결정은 무엇보다 안전한 방법으로 인식될 수밖에 없다는 점도 충분히 공감이 된다. 하지만, 제조업의 제품 생산 과정에서 경험적으로 얻은 지식을 활용하여 그때 그때 문제를 봉합하고 생산을 재개하는 것만이 우리가 할 수 있는 최선이라고 한다면, 이는 분명 21세기를 살고 있는 우리의 과학적 성과를 너무 비하하는 것임에 틀림이 없을 것이다.

앞서 장황하게 설명한 내용을 간단히 정리해 보면, 우리 제조 현장에는 오랫동안 해결하지 못하고 있는 고질적인 문제가 있다. 그리고, 그 고질적 문제는 기업이 존재하는 이유인 이윤 추구라는 가치로 인해 생산 환경이 완벽할 수 없다는 기술적 한계를 가지고 있기 때문에 존재한다. 이런 한계로 인해 그 원인을 규명하는 데는 너무 오랜 시간이 걸린다. 그러므로, 오랫동안 생산 과정에서 습득한 경험에 기반하여 현상을 바라고 보고, 해결책 또한 경험을 바탕으로 강구할 수밖에 없는 상황이 지속되고 있는 것이라 할 수 있겠다.

이와 같은 상황에서 우리가 할 수 있는 최선책을 말로 표현하자면, '발생하는 현장의 문제를 빠른 시간 내에 파악하고 분석하되, 경험적 지식에 너무 치우치지 않고 객관적으로 현상을 바라보며, 과학적인 방법으로 현상을 분석하는 것'이라고 표현할 수 있을 것이다. 즉, 신속하면서도 객관적이고 과학적인 방법을 활용하는 것이 우리가 할 수 있는 최선책이 되는 것이다.

빠르면서도 객관적이고 과학적인 방법이어야 한다는 점을 감안할 때, 가장 유력한 도구는 바로 데이터이다.

현대의 제조업은 MES(Manufacturing Execution System), PIMS(Plant Information Management System), LIMS(Laboratory Information Management System) 등 수많은 데이터 관리 시스템을 가지고 있다. 그 데이터 시스템을 기반으로 데이터를 공유하고 현장을 관리한다. 그러므로, 현대 제조업에서 가장 빠르게 현장 상황을 파악할 수 있도록 해 주는 것은 당연히 데이터이다. 어느 정도 경험이 있는 엔지니어라면, 일부 데이터만으로도 현장에서 어떤 일이 있었는지 금세 알 수 있다. 세계 어디서도 데이터만 공유된다면, 현장 상황을 이해하는데 큰 어려움을 느끼지 않는다.

그리고 데이터만큼 객관성을 담보하는 도구를 찾는 것은 쉽지 않다. 눈으로 보는 것은 나만 아는 것이지만, 이를 기록하고 공유하면, 이는 데이터가 되고, 그 순간 객관성을 확보하게 된다. 선거에서 누가 당선될 것인가를 예측하기 위해 설문조사를 하는 과정에서 많은 오류가 발생하기도 하는데, 그런 오류가 있는 데이터를 기반으로 의사결정을 하는 것은 차라리 데이터가 없이 의사결정을 하는 것만 못하다고 말하는 사람도 있다. 하지만, 이런 반론조차 데이터의 객관성에 대한 반론으로는 적절치 않다. 데이터의 오류는 자체가 개선되어야 할 대상이지, 데이터 자체가 객관성을 잃은 것은 아니기 때문이다. 물론 어떤 의도를 가지고 데이터를 조작했다면, 그 데이터는 객관성을 상실하게 되고, 더 이상 믿을 수 없는 데이터라고 할 수 있을 것이다. 하지만, 어떤 의도를 가지고 있지 않은 상황에서 데이터에 오류가 있다면, 그것은 그것 자체로 우리가 극복해야 할 대상이지 데이터의 오류가 아니라는 것이다. 제조 현장에서 생성되는 데이터는 상당 부분 자동으로 수집된다. 어떤 의도를 가지고 데이터를 편향적으로 내보내지 않는다. 정해진 규칙에 의해 데이터를 만들어 내고 저장한다. 너무나 객관적일 수밖에 없다. 하지만, 또 다른 측면에서는 상당한 오류를 함께 가지고 있다. 예를 들어 상당히 높은 온도를 측정하기 위한 도구로 Thermocouple이 설치되어 있는 공정이 있다고 하자. Thremocouple은 두 개의 서로 다른 금속을 접합하여, 온도에 따라 달라지는 두 금속의 전위 차이를 측정하여 온도로 환산해 주는 온도 측정 장치이다. Thermocouple은 높은 온도의 환경에 오래 노출되면, Thermocouple을 이루고 있는 두 금속의 경계면에서 금속 원자의 이동이 생겨 점점 경계면이 모호해 지고, 그 결과 두 금속의 전위 차이가 달라지면서 동일 온도 환경에서 과거와 다른 전위값을 나타나게 된다. 이런 상황이 되면, Thermocouple은 실제 온도와 다른 온도를 나타내게 되므로, 이로부터 측정되는 온도 데이터에는 오류가 있다고 볼 수도 있겠다. 하지만, 이런 현상은 자연적으로 발생하는 현상으로, 어떤 의도가 있는 데이터의 오류가 아니다. 이런 오류는 자연적으로 발생하는 변동 중 하나의 요인으로 처리하던가 아니면, 특별한 방법으로 그 값을 보정해 주면 된다.

이렇듯 제조 현장에서 생성되는 데이터는 의도된 오류가 거의 없다고 봐야 한다. 가끔 자기 조직의 치부를 감추기 위해 의도적으로 생산 실적을 조정하는 경우가 있을 수도 있겠지만, 그것 또한 조직 문화나 실적 집계 프로세스를 적절하게 구현함으로써 개선해야 할 문제이지, 데이터가 객관성을 상실했다고 말할 수 있는 문제는 아닌 것 같다.

마지막으로 데이터는 가장 과학적이다. 모든 과학적 증명 절차에는 데이터가 등장한다. 데이터로 증명되는 것만이 "과학적"이라는 성스런 수사를 얻을 수 있다. 하지만, 이는 이론으로 만들어진 가정을 데이터로 검증하는 경우이지, 데이터 자체를 과학적이라 할 수는 없다. 즉, 데이터가 과학이 되려면, 데이터를 과학적으로 다루는 학문과 결합해야 하는데, 그런 학문이 바로 통계학이다. 그러므로, 데이터가 과학적으로 데이터를 다루는 통계학을 통해 정보로 변환될 때, 비로소 과학적인 데이터가 된다. 그러므로, 앞서 말한 "빠르면서도 객관적이고 과학적인 방법"은 "통계적으로 처리되는 데이터"라고 정리할 수 있겠다.

여기서, 불완전한 생산 환경과 근본적인 원인 파악에 너무 오랜 시간이 걸리는 상황에서 우리가 할 수 있는 최선책이 무엇인지 알 수 있다. 그것은 가장 빠르고 객관적으로 현상을 표현하는 도구인 데이터를 과학적인 데이터 해석 방법인 통계를 통해 해석하는 것이다. 이를 통해 우리가 관리하고 있는 프로세스는 가장 객관적이면서도 과학적으로 관리될 수 있다. 객관적인 데이터는 개인의 경험에 의존하여 현상을 이해하는 편협함을 없애 줄 수 있으며, 과학적인 데이터 해석은 다시 한 번 데이터의 객관성을 보장해 줄 수 있다.

가끔 과학적인 해석이라고 믿었던 분석 결과가 실제와 다른 것으로 판명될 수도 있다. 분석적 방법을 좋아하지 않고, 자신의 경험만이 소중한 지식이며 자산이라고 생각하는 사람들은 가끔씩 발생하는 과학적 해석의 오류를 발견했을 때 하나 같이 이렇게 말한다. '거봐! 내가 뭐라고 했어. 우리 공정은 통계적 분석으로 해석이 안 된다니까!' 그렇다면, 통계적 분석을 하지 않으면 우리는 무엇을 할 수 있으며, 어떻게 우리 공정을 더 효율적으로 만들 수 있을까? 아무리 생각해도 다시 답은 데이터와 분석뿐이다. 과학적 해석에 가끔 오류가 있었다고 해서 데이터와 분석적 방법의 유용성이 사라지는 것은 아니라는 점을 명심하기 바란다. 어쩌면, 데이터와 분석을 통해 그런 해석이 잘못된 것이라는 것을 알았다면, 적어도 한 가지 옵션은 제외할 수 있게 만든 성과는 있는 것이다. 잘못된 과학적 해석을 믿었다는 것은 그 해석 결과가 공정 기술적 측면에서 봤을 때 충분한 개연성이 있다고 판단했다는 것을 의미하며, 충분한 개연성이 있다고 생각했던 한 가지 원인 후보가 참 원인이 아니라는 것을 알았다면, 그 자체만으로도 우리가 풀지 못했던 문제를 풀 수 있는 가능성이 조금 더 높아진 것을 의미하는 것이기 때문이다.

이쯤에서 이 장의 제목인 "Process Control by Data"에 대해 본격적으로 논해 보자.

앞서 말한 것처럼 우리 공정은 불완전하다. 적정한 투자와 적절한 관리를 통해 최적의 이윤을 내기 위해 만들어진 설비와 공정 환경이지, 완전한 생산을 위해 과도한 투자를 한 설비나 공정 환경이 아니다. 그러므로, 우리는 우리 공정에 대해 100% 알 수 없다. 어쩔 수 없이 모르는 부분이 있을 수밖에 없다. 그래서 어쩔 수 없이 모르는 부분을 그동안 알고 있던 경험적 지식으로 추측한다. 이 중 상당 부분은 우리가 알고 있는 과학적 지식과 함께 해석하여 상당한 수준으로 이해할 수 있는 경우도 있다. 하지만, 그렇지 않은 경우도 분명 존재한다. 특히 그동안 겪어보지 못했던 수준으로 제품 Spec.을 높여서 생산해야 하는 상황에 직면하게 되면 기존의 경험적 지식이 별로 쓸모 없게 되는 경우가 많다. 기존의 제품 Spec.으로 생산하던 시기와 전혀 다른 사소한 원인에 의해서도 불량이 다발할 수도 있고, 일부 설비의 변화로 인해 과거 경험과 전혀 다른 현상이 나타나 이러한 현상을 과학적 지식으로 이해하지 못하는 경우가 생기는 것이다. 이런 상황에서 우리가 믿을 수 있는 건 "데이터"뿐이다. 적어도 데이터는 우리가 이해하는 상황이든 이해하지 못하는 상황이든, 그 현상 자체를 가장 객관적으로 표현하는 거의 유일한 수단이기 때문이다. 이 객관성 하나만으로도 우리가 공정을 관리함에 있어서 데이터를 기반으로 해야 한다는 명제가 참임이 명백해진다.

이렇듯 가장 객관적인 데이터를 활용해서 우리 공정을 관리하는 것. 그것이 "Process Control by Data"이다. 말 그대로이다. 그런데, 너무도 명백할 것 같은 이 말이 '우리 공정은 완벽해', '우리가 이 일을 얼마나 오래 했는데, 이 정도도 모르겠어', '내 경험에 의하면, 아마 원인은 ~~인 것 같아'라는 말이 기업 내에서 아무런 거리낌 없이 통용되고 있다면, 아직 우리 기업은 객관적인 공정 관리와는 거리가 있다고 말할 수 있을 것이다.

제조 현장에서 얻을 수 있는 가장 객관적인 정보는 "데이터"뿐이다. 더구나 이 객관적인 정보는 가장 빠르게 획득하여 공유되고 있다. 이를 바탕으로 과학적인 해석을 하고, 공정 기술과 접목하여 공정에 필요한 행동으로 변환하는 활동이 동반된다면, 우리 제조 현장은 지금보다 훨씬 더 효율적이면서도 과학적으로 관리될 수 있다. 어쩌면, 몇 십 년 동안 해결하지 못하고, 엔지니어를 괴롭히던 고질적 문제를 해결할 실마리를 찾아 낼 수 있을지도 모른다. 그러므로, 제조 현장은 데이터에 의해 관리되어야 한다.

언제 누가 했는지는 정확히 모르겠지만, 경영자들로부터 흔히 듣는 말 중 하나가 '현장에서 발생하는 문제에 대한 답은 현장에 있다'는 말이다. 이 말의 의도가 책상에만 앉아 이론적으로만 고민하지 말고 몸으로 부딪히면서 배우라는 말일 수도 있겠지만, 다른 각도에서 보면, "현장"이라는 말은 물리적으로 존재하는 현장이 아니라, 현장에서만 얻을 수 있는 "데이터"를 의미한다고 볼 수 있다. 즉, 현장에서 얻는 데이터에 현장에서 발생하는 문제의 답이 있다는 것이고, 이를 통해 많은 문제를 해결할 수 있다는 뜻이기도 하다. IT 기술이 발달하지 않았던 과거, 경영자들이 말한 '현장에 답이 있다'는 말을 IT 기술이 발달한 현대 용어로 하면, "Process Control by Data"로 표현할 수 있지 않을까?

│ Analytics-driven Process Innovation: 분석 주도적 프로세스 혁신

"Analytics-driven Process Innovation"은 한 번이라도 분석을 해본 사람에게는 그리 어렵지 않은 개념이다.

분석이라는 활동은 기본적으로 현재 가지고 있는 데이터를 기반으로 분석을 통해 뭔가 의미 있는 정보를 만들어 내는 과정이다. 이러한 분석 과정을 거치다 보면, 분석 결과로 얻는 어떤 결론뿐 아니라 부수적으로 데이터의 부족한 점이 발견되기 마련이다. 왜냐하면, 분석가 입장에서 보면 항상 데이터는 부족하기 때문이다. 이런 경우, 부족한 데이터이지만 부족하면 부족한 대로 분석을 진행하거나, 데이터를 수작업으로 확보할 수 있는 경우에는 수작업으로라도 데이터를 만들어 분석에 사용하게 된다. 부족한 데이터로 분석 결과를 얻어내든, 아니면 수작업을 통해 임시로 데이터를 만들어 사용하든, 두 가지 경우 모두 작지만 의미 있는 어떤 결과를 찾아내게 된다. 그러면, 그 작은 의미 있는 결과를 바탕으로 분석과정에서 느낀 부족한 데이터를 어떻게 보충할 것인가, 또는 어떻게 자동으로 수집할 것인가를 고민하게 되고, 이는 부족한 데이터 보충을 위한 프로세스 혁신으로 이어질 수 있다.

프로세스 혁신은 이전에 비해 양질의 데이터 확보를 가능하게 하고, 분석 작업에 양질의 데이터를 제공하게 해준다. 그러면 부족한 데이터로 분석했던 결과보다 더 좋은 분석 결과를 얻을 수 있게 된다. 여기서 더 좋은 분석 결과란 기존에는 대수롭지 않게 생각해서 무심코 넘겼던 항목이 제품 품질이나 설비 고장에 영향을 미치는 인자로 발견되거나,

설비가 고장을 일으킬 것이라는 징후를 발견할 수 있도록 도와주는 결과일 것이다. 이렇게 분석 결과를 만들어 내는 과정은 또 다시 필연적으로 부족한 데이터를 어떻게 보충할 수 있을지에 대한 고민을 만들고, 이로부터 다시 프로세스 혁신으로 이어지게 되는 것이다.

이렇듯 분석적 결과를 바탕으로 부족한 데이터를 확보하기 위한 혁신활동과 연계하는 방식으로 점진적인 프로세스 혁신을 이루는 방식이 바로 "Analytics-driven PI"의 기본 개념이다. 즉, 분석, 프로세스 혁신, 데이터 확보의 3단계가 서로 선순환 구조를 갖는 상호 보완적 관계 하에서 프로세스 혁신을 이루어 나가는 것이다. 너무 간단한 개념이고 당연한 내용이라 '뭐 이런 걸 얘기하나?' 의아해 하는 분들도 계시리라 생각한다. 처음 "Analytics-driven PI"를 세미나에서 소개했을 때, 약간은 한심한 듯한 눈빛으로 보시던 고객 분들이 눈에 선하다.

하지만, 앞서 언급한 "분석", "프로세스 혁신", "데이터 확보"의 3단계 선순환 구조를 이루는 과정 중에는 중요한 것 한 가지가 빠져 있다. "Analytics-driven PI"가 "분석", "프로세스 혁신", "데이터 확보"의 3단계 선순환 과정을 거친다고 쉽게 말할 수 있겠으나, 실제 현장에서는 위와 같은 선순환 과정에서 나타나지 않은 가장 어려운 과정이 하나 더 있다. 그것은 바로 "투자"이다. "프로세스 혁신"을 실제로 현장에 적용하기 위해서는 대부분의 경우 투자가 뒤따른다. 간단한 프로세스 변경 이어서 별도의 금전적 투자가 없는 경우라도 내부 인력이 업무 시간을 할애해야 하는 등 인적 자원을 투입해야 하므로 이도 일종의 투자이다.

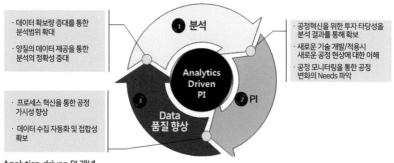

· 데이터 확보량 증대를 통한
  분석범위 확대
· 양질의 데이터 제공을 통한
  분석의 정확성 증대

1 분석

Analytics
Driven
PI

· 공정혁신을 위한 투자 타당성을
  분석 결과를 통해 확보
· 새로운 기술 개발/적용시
  새로운 공정 현상에 대한 이해
· 공정 모니터링을 통한 공정
  변화의 Needs 파악

· 프로세스 혁신을 통한 공정
  가시성 향상
· 데이터 수집 자동화 및 접합성
  확보

3

Data
품질 향상

2 PI

Analytics-driven PI 개념

이윤을 얻는 것을 기본 목표로 하는 기업은 투자를 해야 할지 하지 말아야 할지 결정해야 할 경우 반드시 그 투자 타당성을 따지게 된다. 투자 결과로 나타나는 효과가 투자 비용에 비해 현저하게 높다는 확신이 없다면 투자를 할 수 없다. 기업마다 정확한 가이드 라인에는 차이가 있겠으나, 대체적으로 투자 비용을 3~5년 내에 효과 금액으로 회수할 수 있어야 투자 승인이 나는 경우가 대부분이다. 게다가 기업은 무분별한 투자를 막기 위해 여러 단계의 투자 관리 프로세스를 운영한다. 길게는 연단위로 얼마나 투자할 것인지 중장기 투자 계획을 수립하고, 매년 연간 씀씀이 중 투자가 차지하는 비율을 정하고 연간 경영계획에 반영한다. 경영계획에 반영되지 않은 투자의 경우, 별도 심의과정을 두어 투자로 인한 비용 누수를 막으려고 노력한다. 이는 과도한 투자로 인한 기업의 손실을 막기 위한 불가피한 조치이며, 당연한 과정이라 하겠다. 많은 기업 또는 국가에서 기업 오너 또는 권력자의 관심사항이라는 이유로 불투명하게 투자를 결정하여, 기업 또는 국가에서 회복할 수 없는 피해를 입는 경우를 우리는 너무 많이 봐 왔다. 이를 막기 위해 투자관리 프로세스가 필수적인 관리 프로세스임은 틀림이 없다.

하지만, 또 한편으로는 무한 경쟁 환경 속에서 다른 기업보다 높은 생산성을 유지하면서도 좋은 품질의 제품을 만들어야 하는 작금의 기업 상황을 고려한다면, 변화하는 환경에 빠르게 적응하기 위해 프로세스의 혁신 또한 반드시 필요한 과정이다. 그러므로, 기업에서는 과도한 투자를 막으면서도 변화에 대응하여 생산성을 높이는 능력이 한 기업의 흥망성쇠를 결정하는 가장 결정적인 요소가 된다. 얼마나 많은 기업이 잘못된 투자, 또는 시기를 놓친 투자로 인해 어려움을 겪었는지 헤아릴 수도 없다.

그래서 많은 기업들은 투자 타당성을 결과적으로나마 평가하기 위한 객관적인 지표를 만들어 사용하고 있으며, 그 중 가장 흔하게 사용되는 투자 타당성의 지표가 ROI(Return of Income)이다. ROI는 투자 비용 대비 투자로 늘어나게 되는 이익의 비율을 나타내는 지표로 높은 ROI는 동일한 투자 비용 대비 더 큰 이익을 얻을 수 있음을 나타낸다. 그러므로, ROI 계산을 위해 필요한 것은 투자 비용과 투자 이후 발생할 이익의 규모임을 쉽게 알 수 있을 것이다.

여기서 항상 논란이 일어나는 부분이 바로 이익 규모 산정이다. 투자 비용은 투자하고자 하는 금액이므로 정확하게 계산할 수 있으나, "이익"은 어떻게 유추하느냐에 따라 큰 차이를 보이기 때문이다. 투자 이후에 발생할 "이익"은 유추란 말 자체에서 알 수 있듯이 아직 일어나지 않은 미래를 예측해야 얻어낼 수 있는 숫자이다. 미래에 발생할 "이익"의 규모를 산정하기 위해 여러 가지 가정을 하게 되고, 그러한 가정을 바탕으로 어느 정도의 "이익"이 기대된다고 계산하는 방식인 것이다. 예를 들어 전사적 자원관리 시스템을 도입한다고 할 경우 '사용자는 몇 명이고, 도입한 시스템과 프로세스로 인해 매월 반복적으로 진행되는 업무 중 몇 % 정도 감소될 것이며, 이에 따른 인건비 절감은 어느 정도다'라고 ROI를 산출할 수 있을 것이다. 하지만, 실제로 몇 명이 사용하게 될지, 어느 정도의 반복적 업무가 감소될지 아무도 모른다. 실제로 전사적 자원관리 시스템 도입 이후 생각했던 것만큼 효율성이 높아지지 않았다고 생각하는 기업이 있다고 하여도, 이들 기업 중 투자를 결정하는 시점에 ROI가 작게 산출된 경우는 없다고 봐야 한다. 왜냐하면, ROI가 작게 산출되었다면, 투자 자체가 없었을 것이기 때문이다. 그러니까 모든 실패한 투자는 잘못된 ROI 계산 때문이라고 말하는 것이 타당할 것이다.

다시 말해 정확하고 성공적인 투자를 위해서는 정확한 ROI 계산이 필수적이라는 것이다. 아니, 정확하게 말하면 과도한 ROI 계산을 방지하는 것이다. 이 때문에 기업들은 투자에 인색해질 수밖에 없다. 어차피 정확하게 계산하지 못할 거라면, 투자 실패를 막기 위해 굉장히 보수적으로 ROI를 계산하게 되고, 그러다 보니 또 투자는 어려워진다.

보수적인 ROI 계산으로 인한 부작용 중의 하나가 산발적인 투자이다. 장기적인 차원에서 투자를 생각하게 되면, 당연히 절대적인 투자 비용이 높아진다. 높은 투자 비용을 승인 받으려면, 그에 상응하는 ROI가 산출되어야 하므로 투자 효과 비용이 높게 계산되어야 한다. 그런데, 그만한 투자 효과가 나올지 자신은 없고, 투자를 하지 않자니 경쟁에서 뒤처질 것 같은 불안감에 투자를 하긴 해야 할 것 같다. 이럴 때, 손쉽게 선택하는 것이 바로 산발적인 투자이다. 좀 더 장기적 관점에서 종합적으로 투자가 진행되었더라면 훨씬 적은 비용으로 가능했던 일이, 서로 유기적으로 연계되지 못한 채 너무 개별적으로 진행하게 되어 결과적으로 더 많은 투자 비용이 투입되는 경우를 흔히 볼 수 있다. 이러한 산발적인 투자에 따른 부작용은 IT 분야에서 흔히 관찰된다. 조각난 산발적 투자로 만들어진 시스템들이 나중에는 시스템 활용의 효용성보다 불편함이 더 커져, 전체 시스템을 갈아 엎는 대규모 프로젝트를 다시 하는 사례를 흔히 볼 수 있다(사실은 전사적 자원관리 시스템 개발 프로젝트가 상당 부분 이러한 상황을 타개하려는 노력의 결과라고 할 수 있다).

이러한 부작용을 막는 가장 효율적인 방법은 너무나 명백하다. 너무 과하지 않으면서 너무 작지도 않게 ROI를 산출하는 것이다. 그럼 어떻게 정확한 ROI를 산출할 수 있을 것인가? 어떻게 하면 정확한 근거를 가지고 ROI를 산출할 것인가? 필자가 제시하는 가장 효율적인 ROI 산출 방법이 "분석"이다. 정확한 ROI의 산출을 통해 투자 효용성을 극대화하는 것이 바로 "Analytics-driven PI"의 핵심이며, 여기에 "Analytics-driven PI"의 핵심가치가 있다. 논리적으로 약한 근거를 바탕으로 희망이나 막연한 가설에 의해 ROI를 계산하는 것이 아니라, 현실적이면서 실질적인 방법으로 계산하는 것이다. "분석"은 가장 강력한 방법이다.

S사에서 근무할 때의 일이다. 당시 S사는 분석 툴 도입과 내부 분석 전문가 양성 및 데이터 정비 프로젝트를 근 1년에 걸쳐 진행한 직후였다. 타 회사에 비해 실적, 품질 정보, 공정 정보는 양질의 데이터로 확보하고 있었으나, 제품의 품질에 직접적인 영향을 미치는 원료에 대한 관리 정보가 매우 취약한 상태였다. MES 정보를 분석해 본 결과, 원료가 공정에 투입된 시간 데이터 중 58.8%가 이상 데이터로 판명되었다. 거의 60%에 달하는 데이터가 쓰레기 데이터였던 것이다. 하지만, 이러한 실정만으로는 아무에게도 문제 의식을 불러일으킬 수 없었다. 대부분

의 사람들, 특히, 원료를 관리하는 사람들의 경우 투입된 전체 원료 양만 알면 되지, 원료 투입 시간이 정확하지 않은 게 무슨 문제가 되느냐는 식이었다. 맞는 말이다. 아니 정확하게 말하면 과거 우리의 경험에 비추어 볼 때, 맞는 말이다. 하지만, 상황이 달라지면 과거에 맞는 말이었던 것이 틀린 말로 바뀌게 된다.

당시 S사는 새로운 제품을 출시하고 양산에 들어간 시기였는데, 새로운 제품이 기포라는 불량에 특히 취약한 제품이었다. 이러한 취약점을 감안하더라도, 기포 불량이 널뛰기를 하는 정도가 너무 심한 것이 문제였다. 어떤 때는 1~2% 정도의 불량만 나오다가, 또 어떤 때는 40~50%의 불량이 나오는 식이었다. 정확한 이유도 모른 채 다시 안정되고, 다시 불량이 높게 발생하는 과정의 연속이었다. 그러던 중 많은 엔지니어들의 노력으로 특정 원료가 불량에 영향을 미친다는 것을 발견해냈다. 그동안 유리에 관한 한 세계적인 전문가 집단이라고 알려진 합작사의 연구소에 문의해 본 결과, 해당 원료로 인해 기포 불량이 발생한다는 것은 말도 안 된다고 무시했었으나, 엔지니어들의 끈질긴 연구와 원료 교체 실험 등을 통해 해당 원료로 인해 기포 불량이 발생한다는 사실을 발견해 낸 것이다. 그 결과 관련 엔지니어들이 불량을 감소하기 위해 어떤 방향으로 원료를 개선하면 좋을지 고민하기 시작했고, 상당 기간의 노력을 통해 새로운 제품의 안정적 생산과 함께, 창립 이래 최고의 생산 실적 성과를 만들어 내었다.

이러한 성공 뒤에 걱정되는 것이 하나 있었다. 현재는 알지 못하는 또 다른 불량이, 원료가 원인이 되어 발생한다면, 또 이와 같은 시행착오를 거쳐야 하는가? 많은 시간 동안 불량을 경험하고, 불량을 경험하는 과정에서 나온 아이디어 성 내용을 토대로 다각도의 실험을 진행하고, 결론에 도달하면서, 다시 개선 방향을 만들어 개선하는 과정을 반복해야 하는가? 이런 시간을 줄일 수 있다면 얼마나 많은 불량을 줄일 수 있지 않을까?

앞서 언급한 불량 원인 분석 과정을 분석적인 방법으로 찾을 수 없을까 시도해 보았다. 물론 앞에서 언급한 58.8%의 원료 투입 데이터 오류 때문에 정확하게 데이터를 연결하는 것이 어려웠지만, 이는 수작업으로 대신했다. 분석 결과는 놀라웠다. 불량이 급등한 시기와 거의 비슷한 시기에 문제가 되었던 원료가 동일한 원료를 납품하는 다른 업체의 원료에 비해 통계적으로 유의한 만큼 높은 불량률 Trend를 보였다. 딱히 어려운 분석을 한 것도 아니다. 단지 원료의 입고에서 투입 과정까지 정보를 잘 연결시키고, 투입된 원료가 제품으로 변환되는 시간을 감안하여 불량률 값과 투입된 원료의 Lot 정보를 시각적으로 비교할 수 있도록 Box-Plot을 그린 게 전부였다.

이러한 결과는 잘 연결된 데이터만 있었다면, 불량 발생의 원인으로 특정 업체에서 공급되는 특정 원료가 문제라는 것을 굉장히 빠른 시간 내에 알 수 있었을 것이고, 미리 조치가 가능했을 것이라는 것을 말해 주었다. 이러한 결론 도출 과정은 별 무리가 없어 보인다. 왜냐하면, 기존에 겪었던 현상에 기반을 둔 결론 도출이며, 미래에도 발생할 개연성이 충분한 일이기 때문이다. 이러한 결론을 바탕으로 분석과정에서 필요한 데이터를 자동으로 정확하게 얻어 내기 위해 필요한 일을 정리하니, 투자 비용과 이에 따른 ROI가 바로 계산되었다. 물론 여기에 미래에 발생하지 않은 불량을 어떻게 ROI로 넣느냐고 시비를 거는 분이 있을

분석을 활용한
기업 혁신 전략

133

지 모르지만, 많은 회사들이 언제 생길지 모르는 사고에 대비해 보험을 들어 두고 있으며, 그런 보험이 영속적인 기업 운영에 도움이 된다는 사실은 익히 알려져 있는 사실이다. 미래에 발생 가능하다고 생각하는 불량이 발생했을 때 미칠 효과를 과거의 경험으로부터 계산하고, 투자할 영역의 역할을 정의하게 되면, 명확한 근거를 바탕으로 ROI를 계산할 수 있을 것이다.

그냥 원료 투입 데이터가 부정확하니 이를 개선하기 위해 투자를 해야 한다는 것이 아니라, 과거 경험에 기반한 사건을 분석하여 투자의 효용성을 유추할 수 있다면, 이보다 더 정확히 ROI를 계산할 수 있을까?

"분석"은 투자 효용성을 정확하게 계산해 내고, 이를 바탕으로 종합적이고 효율적인 투자를 이끌어 내는 가장 강력한 방법이며, 이것이 "Analytics-driven PI"의 핵심가치임을 잊지 말기를 바란다.

| Analytics-driven PI의 첫걸음 "분석 Pilot Project"

Analytics-driven PI를 기업에서 추진하기 위해 가장 먼저 고려해야 할 것은 성공 사례를 기업 내부 인력들에게 보여주는 첫걸음을 딛는 것이다. 아직 익숙하지 않은 데이터 분석 주도의 프로세스 혁신을 기업 구성원들이 쉽게 받아들이지 못할 것이라는 건 불을 보듯 뻔하다. 더욱이 일부 엔지니어들 중에는 분석 과정에서 발생할 가능성이 있는 편법들(예를 들면, 모집단 추정을 위한 표본집단 추출 시 원하는 결론을 나오게 하기 위해 인위적으로 표본집단을 선정하는 일 따위)을 사용함으로써,

제조 빅데이터
활용 전략

자신이 원하는 논리를 만들어 낼 수 있는 매우 작위적인 방법으로 생각하기도 한다. 그러한 이유로, 데이터 분석을 매우 위험한 것으로 생각하는 경우도 보았다. 또한, 그동안 기술적으로 풀기 어려웠던 문제를 데이터 분석을 통해 찾아낼 수 있다고 생각하는 것 자체가 자신의 기술적 무능력을 드러내는 것이라 생각하여, 체질적으로 데이터 분석을 거부하는 경우도 있다. 이렇듯 여러 가지 이유에서 분석적 방법을 기업의 생산현장에 적용하려 할 때, 이를 거부하는 세력이 있게 마련이고, 이로 인해 Analytics-driven PI를 기업에서 추진함에 있어 많은 어려움에 직면하게 된다. 이러한 어려움을 돌파할 수 있는 동력 확보를 위해 데이터 분석 주도의 프로세스 혁신을 기업에 적용하려고 할 때, 필수적으로 따르는 것이 어떻게든 성공적인 분석 결과를 도출해 내야 하는 것이다.

하지만, 어떻게 성공적인 분석 결과를 도출할 것인지 막막하기만 할 것이다. 앞서 말한 Analytics-driven PI의 개념에서 "분석", "프로세스 혁신", "데이터 품질 향상"의 선순환 관계를 만들어 내기 위해 반드시 필요한 것이 바로 "분석"인데, 이는 분석이 Analytics-driven PI의 선순환 고리를 만들어 내는 Seed 역할을 하기 때문이다. 현재 대부분의 제조업 기업들은 아직 내부에 분석 활동을 수행할 인력도 충분하지 않고, 데이터 인프라도 충분하지 않아 여러 곳에 산재된 데이터를 수집해야 하거나, 또는 수작업으로 데이터를 만들어내야 하는 상황이어서 현재로써는 분석 활동과 관련된 그 무엇도 시작할 수가 없을 것 같은 상황에 처해있는 경우가 많다. 이런 상황에서 분석을 진행해야 하고, 게다가 그 분석을 통해 내부 인력들에게 받아들여질 만큼 충분한 호소력을 갖는 결과를 도출하여 분석이 기업에 무한한 가치를 줄 수 있다는 것을 보여 줘야 하는 상황에서 분석을 시작하는 것 자체도 매우 어려운데, 이런 상황에서 성공적인 분석 결과를 도출하는 것은 더더욱 어려울 것이 틀림이 없다.

이런 어려움을 가장 쉽게 해결할 수 있는 방법이 분석 전문가의 도움을 받아 분석 Pilot Project를 진행하는 것이다(여기서 분석 전문가라고 하면, 언론에서 많이 언급되고 있고 2012년 12월 하버드 비즈니스 리뷰에서는 "21세기 가장 섹시한 직업"라고 표현한, 그 "Data Scientist"이다). 분석 전문가의 도움을 받아 분석 Pilot Project를 진행하는 것이 필요한 이유는 데이터는 시간과 노력이 있으면 어떻게든 준비가 가능하지만, 분석 능력은 단시간 내에 얻을 수 있는 것이 아니라는 점에 기인한다. 부족한 분석 능력을 외부 전문가에게 빌려 쓰는 것이다.

일반적으로 기업들 중 설비, 품질 정보를 전문적으로 분석하는 인력을 보유하고 있는 회사는 많지 않다. 현재 시점에 비추어 본다면, 거의 없다고 보는 것이 더 옳은 표현일지 모르겠다. 빅데이터에 대한 관심이 높아지고, 그 관심이 제조업에도 확산되는 과정에서 분석 전문 조직을 신설한 기업은 그 수가 꽤 된다고 할 수 있겠으나, 대부분 데이터 처리, 분석 알고리즘 전문가를 중심으로 구성된 분석 전문 조직이 설비나 품질 업무 관련 분석을 자체적으로 수행하는 것은 굉장히 어려운 일이다. 설비나 품질에 대한 이해가 부족한 상태에서 상세 데이터를 보고 분석을 통해 의미 있는 결과를 도출해 내는 것은 거의 불가능하기 때문이다. 게다가 내부 조직이 연관되어 어떤 프로젝트를 진행하는 경우, 조직 간 성과 배분의 문제로 인해 설비나 품질 조직과 분석 조직이 유기적으로 프로젝트를 수행하는 데 어려움을 겪는 경우를 많이 볼 수 있는 것도 사실이다.

제조 빅데이터
활용 전략

그렇다고, 설비나 품질 관리 담당자가 직접 분석을 진행하는 것도 매우 어려운 일이다. 설비나 품질 관리 담당자의 경우 분석 대상 영역에 대한 전문 지식은 충분하다고 하겠으나, 일반적으로 분석 과정에 필수적인 대용량 데이터 처리에 필요한 IT 기술, 프로그래밍 능력 등이 많이 부족할 수밖에 없기 때문이다. 많은 엔지니어가 그렇듯, 데이터를 다룰 때 유일하게 쓸 수 있는 툴이 엑셀뿐이다. 엑셀이 정말 훌륭한 툴이라는 데 이견이 있는 사람이 있을까? 간단하게 배울 수 있고, 많은 함수들을 가지고 있어 복잡한 계산도 어렵지 않게 할 수 있으며, 고급 사용자들의 경우 Visual Basic과 연계하여 사용하거나 Macro 같은 기능을 활용할 수도 있다. 하지만, 이런 고급 기술을 잘 다루더라도 대용량 데이터를 기반으로 분석하는 경우 처리할 수 있는 데이터 양이나, 활용 가능한 범위에서 매우 제한적일 수밖에 없다.

분석 과정에서 가장 많은 시간을 요하는 과정이 데이터 처리 과정이다. 데이터 처리가 완료되었다면, 분석 자체에는 그다지 많은 시간이 들지 않는다. 경험에 의하면, 분석을 진행하는데 걸린 총 시간을 100이라고 할 때, 데이터 처리에 80~90, 결과 도출과 해석에 10~20 정도 소요된다. 게다가 많은 경우, 결과 도출과 해석 과정에서보다 데이터를 처리하는 과정에서 더 많은 Insight를 얻게 된다. 물론, 데이터 처리 과정에서 얻은 Insight는 결과 도출 및 해석에 반영되겠지만 말이다. 아무튼 분석 과정에서 결과 해석 자체보다는 데이터 처리 과정이 훨씬 더 중요하다는 점은 틀림없는 사실이다.

이렇게 중요한 데이터 처리 과정을 좀 더 효율적으로 지겹지(?) 않게 진행하려면, 데이터를 자유롭게 처리할 수 있는 기술이 필요하다. 특히 전문적인 통계 툴로 프로그래밍을 할 수 있다면 더욱 좋다. 왜냐하면, 한 번 해 놓은 프로그래밍은 약간의 수정만으로 재활용 가능하기 때문이다. 이렇게 프로그래밍을 재활용하는 방법으로 약간씩 수정하여 다양한 결과를 빠르게 확인하는 과정을 통해 데이터가 정제되고, 결과를 쉽게 도출할 수 있는 데이터 형태를 만들어가는 것이다. 그런데, 이런 과정을 엑셀로 한다면 어떨까? 대부분의 과정은 변한 게 없고, 중간의 계산하는 식 중 일부만 바뀌어도 처음부터 수작업으로 바꾸어야 하는 경우가 많다. 월말 결산과 같은, 주기적으로 반복해서 해야 하는 데이터 처리 과정을 시스템으로 구축하기에는 너무 과한 것 같고, 그렇다고 매번 손으로 작업하려니 이런 비효율적인 일을 계속해야 하는지 의문이 드는 그런 일들 말이다. 엑셀을 보면서 반복적으로 강하게 내려치는 자판소리······ 많은 직장인들이 한 번쯤은 경험했음직한 상황일 것이다.

대부분의 기업에서 대용량 데이터를 잘 다루면서, 통계적 분석이 가능한 사람을 보유하고 있는 것이 매우 어렵다. 일부 대기업에서 분석에 대한 중요성을 깨닫고 전문적인 분석 조직을 구성하는 경우를 제외하면, 대부분의 기업에서 분석만을 전문 업무로 하는 인력을 별도로 두기에는 낭비적인 요소가 많다고 생각하기 때문이다. 프로젝트 성으로 진행되는 분석 업무의 특성상, 일상 업무의 부재가 전문 분석 인력을 '잉여 인력'이라는 인식을 갖게 해, 전문 분석 인력 보유를 위한 인건비가 투자대비 효용성을 낮춘다고 생각하기 때문이다. 이러한 이유로 대부분의 기업이 자체적으로 분석을 진행하는 것은 매우 어렵다. 그렇다고 전 임직원을 대상으로 대대적인 교육을 시키기도, 전문 인력을 신규로 채용하는 것도 확신이 없는 경우가 많다.

그렇다면, 이러한 어려움을 어떻게 해결할 것인가? 가장 간단한 방법은 작은 규모의 분석 프로젝트를 진행하는 것이다. 외부의 전문가를 활용하여 짧은 기간 동안 1~2가지 주제만을 가지고 분석 프로젝트를 진행하여 결과를 도출해 내는 것이다. 외부 전문가로부터 데이터 처리와 분석 기법 활용 부분에서 도움을 받고, 내부 인력은 기술적 지식을 제공함으로써 분석 활동에 필요한 기술적 요소를 갖추도록 하는 것이다.

외부 분석 전문가가 필요한 이유가 한가지 더 있다. 내부 인력이 알고 있는 설비 및 품질에 관한 자기 회사만의 기술, 해당 영역의 일반적인 지식 등은 모든 제조관련 분석을 위한 기초 지식이다. 이를 모르고는 아무것도 분석해 낼 수 없다. 하지만, 내부 인력의 설비 및 품질 관련 지식만으로는 그동안 알고 있었던 지식 외에 새로운 지식을 알아내는 것도 또한 어렵다. 내부 인력의 지식만으로 모든 것을 해결할 수 있다면 왜 그토록 많은 문제들이 오랫동안 해결되지 못하고, 제조 현장의 엔지니어들을 괴롭히고 있는가를 설명할 수 없다. 그토록 많은 문제들이 오랫동안 해결되지 못하고 남아 있다는 것 자체가 내부 인력들의 지식만으로는 오랜 고질적인 문제를 해결하기 어렵다는 것의 방증이다.

여기서 주목해야 할 점은 아이러니하게도 분석에 반드시 필요한 현장 지식 및 경험이 혁신적인 결과를 도출하지 못하게 만드는 하나의 벽으로 작용한다는 것이다. 이러한 이유로 혁신적 분석 결과 도출을 위해 외부 분석 전문가의 도움이 필요한 것이라고 말할 수 있겠다.

그렇다면, 외부의 분석 전문 인력이기만 하면 되는 것인가? 아니다. 제조업의 설비나 품질에 대한 분석을 진행하기 위해서는 분석 전문 인력이 해당 영역에 기초 지식을 가지고 있어야 한다. 물론 개별 기업에서의 특수한 상황을 모두 알 수는 없지만, 설비나 품질과 관련된 기초적인 내용들은 알고 있어야 한다는 것이다. 설비 고장을 분석한다고 하면, 최소한 설비 제어가 작동하는 원리나 기계적인 특성 등을 모르고는 좋은 분석 결과를 도출해 낼 수 없다. 모터 고장을 예측하겠다고 하면서 모터가 작동하는 원리도 모르고 분석한다면 어떻겠는가? 설비 제어를 위해 사용하는 PLC가 뭔지도 모르면서, 어떻게 PLC를 통해 전달되는 데이터를 수집하고 분석을 해 낼 수 있겠는가? PID 제어가 뭔지도 모르면서, 인자들이 어떤 관계로 움직이는지 상관관계를 분석해 낼 수 있겠는가?

더욱이 현장 엔지니어들은 자신이 알고 있는 내용을 타인에게 알기 쉽게 설명해주는 훈련을 받은 사람들이 아니다. 내가 너무도 당연하게 알고 있는 것은 상대방도 알고 있겠거니 생각한다. 때로는 자신이 일하고 있는 분야를 설명하면서 그 분야에 종사하지 않는 사람은 알아듣기 어려운 말을 자연스럽게 섞어 설명하기도 한다. 이런 상황에서 외부 전문가가 해당 영역에 기초적인 지식이 전혀 없이 현장 엔지니어와 분석 프로젝트 진행을 위한 미팅을 갖는다고 생각해 보자. 현장 엔지니어는 처음엔 굉장히 열심히 해당 공정에 대해 설명해 주고, 문제가 되는 현상에 대해 말해 주다가 상대방이 해당 분야에 문외한이라고 판단이 되면, 그때부터 자신이 너무 많은 것을 설명을 해야 하는 상황에 굉장히 짜증이 나게 된다. 아직은 이번 분석을 통해 어떤 도움을 받을 수 있을지도 명확하게 모르는 상황에서 많은 시간 어떤 외부인에게 자신의 공정을 설명해야 하는 상황 자체가 짜증나는 것이다. 더 극단적인 경우에는 자신이 담당하고 있는 업무에 대해 외부 인력에게 감사(監査, audit)를 받는 듯한 느낌이 들지도 모른다. 분석 프로젝트를 위해 투입된 외부 분석 전문가가 현업과의 미팅에서 그런 인상을 주는 순간, 프로젝트의 절반은 실패한 것이나 마찬가지다. 그러므로, 이제 막 시작을 하려는 분석 프로젝트에서 현업의 자연스러운 관심과 참여를 이끌어내기 위해 반드시 필요한 것이 분석 대상 분야에 대한 분석 전문 인력의 기초 지식이라는 점은 틀림이 없다.

정리하자면, 분석 Pilot Project를 성공적으로 진행하기 위해서는 외부의 분석 전문가와 분석 대상 영역 담당자가 유기적인 팀을 이루어야 하며, 거기에 외부 분석 전문가가 분석 기법과 데이터 처리를 위한 IT 지식뿐 아니라, 분석 대상 영역에 대한 기초적인 지식도 함께 있어야 한다는 것이다. 분석이라는 행동 자체가 데이터를 해석하여 어떤 의미를 찾아내는 과정이므로, 그 의미를 찾아내는 주체인 분석가가 가장 중요하다는 것은 당연하다. 그리고 어떤 사람이 성공적인 분석 결과를 도출해 낼 수 있는지를 판단할 때, 반드시 고려해야 할 사항이 분석 대상 영역에 대한 기초 지식이 있는지 여부임을 잊어서는 안될 것이다.

┃ "분석 Pilot Project"의 유용성

많은 기업들이 대학들과 다양한 산학 연구를 진행한다. 산학 연구의 활성화는 제조 산업 발전에 많은 공헌을 해왔고, 앞으로도 그러할 것임은 자명하다. 하지만, 산학 연구는 생산 현장에 적용 가능한 어떤 결과를 내놓기 위해 상당히 많은 시간을 필요로 한다. 이는 대학 연구소의 기본적인 욕구가 학문적 지식에 대한 욕구이기 때문이다. '왜 이렇게 되었을까?', '어떤 이유에서 이런 현상이 나왔을까?' 에 대한 답을 찾으며, 이론적으로 설명하는 것에 주된 관심을 가질 수밖에 없다. 일반적으로 어떤 현상을 명확하게 설명하기 위해서는 현상과 그 원인에 대한 철저한 추적과 이론적 설명이 가능한 인과관계 규명이 필수적이다. 하지만, 현장에서는 그런 한가로운 신선놀음을 하고 있을 시간이 없다. 어떤 불량이 평소보다 높은 수준으로 발생하는데, 그 원인을 모른다고 그냥 넣놓고 보고만 있을 품질 담당자는 없다. 원료도 바꿔보고, 운전 조건도 바꿔보고…… 뭐라도 해야 한다. 그러다가 어떤 것인지는 잘 몰라도, 불량 수준이 예전 수준으로 원복 되었다면 한시름 놓을 수 있게 된다. 현장은 매일 매일 맞이하는 문제를 가장 빠르게 해결하기 위해 사투를 벌인다. 반면, 산학과제의 주된 주제가 되는 것은 당장의 급한 현안이라기보다는 오랫동안 해결되지 않는 고질적인 문제인 경우가 많다. 고질적인 문제는 "고질적"이라는 단어에서 알 수 있듯이 제조 현장에서 기본적인 문제로 널리 인지되고 있는 문제이므로, 고질적인 문제가 발생했을 때 조속하게 대응해서 적당한 시간 내에 제거만 한다면 큰 문제로 생각되지 않는다. 그래서 종종 정말 혁신적으로 미래에 가동률을 높이거나 불량률을 낮출 수 있는 기술을 산학과제를 통해 개발했다 하더라도, 당장 큰 문제가 되지 않는다는 이유로 혁신적인 기술의 적용이 가져올 수 있는 변화를 위험요소로 간주하여 외면하는 경우가 허다하다. 그렇다고 당장 직면한 현장의 문제를 대학과의 산학 연구로 해결하려고 노력한다면, 내부 인력이 해야 할 일을 대학원생들의 손을 좀 빌리는 것 외에 큰 도움이 되지 못한다. 내부 인력이 해야 할 일을 인건비가 상대적으로 저렴한 대학원생들의 노동력을 빌어 합법적으로 외주화하는 정도 외에 현장에 적용 가능한 어떤 결과를 도출해 내는 것은 기대하기 어렵다는 것이다.

하지만, 분석적 방법은 다르다. 현장에 과거 데이터가 있기만 하면, 당장 큰 비용을 들이지 않고 많은 일을 해 볼 수가 있으며, 그러기에 가장 효과적인 방법 중 하나이다. 분석적 방법을 활용하여 과거 설비 고장이 발생했던 시점의 전후 데이터를 가지고 설비 고장이 발생하기 전에 데이터가 어떤 형태로 변화해 가는지를 볼 수도 있고, 품질 불량이 특별히 많이 발생한 시점에 공정에 어떤 변화가 있었는지 분석함으로써, 품질 불량이 발생하는 원인을 분석할 수도 있다. 데이터, 분석 툴, 그리고, 담당자의 열정만 있다면 무엇이든 분석해 볼 수 있다. 물론 외부 전문가의 도움을 받아야 한다면, 약간의 투자비가 발생하겠으나 분석을 통해 한가지만이라도 몰랐던 설비 고장 원인이나 불량 발생 원인을 찾을 수만 있다면, 투자 대비 효율성을 따지는 것 자체가 무의미할 만큼 효과는 클 것이다. 또한, 현재 가동하고 있는 설비, 현재 생산하고 있는 제품과 관련된 데이터를 가지고 분석을 진행하는 것이므로 분석 결과는 당장 현장에 적용 가능하다.

게다가 분석적 방법은 데이터만 있다면 굉장히 빠르게 많은 결과를 도출해 낼 수 있다. 일반적으로 기술적인 현상에 대해 검증을 하는 간단한 실험도 1년 이상 걸리는 경우가 허다하다. 하지만, 분석적 방법으로 어떤 결과를 도출해 내는 데는 1~3개월이면 충분하고, 도출한 결과 또한 한두 가지 기술적 검증이 아니라, 설비 고장이나 품질에 핵심적인 역할을 하는 다양한 요소들이다(물론, 분석을 진행하는 사람의 능력에 따라 많이 달라질 수는 있겠으나, 이는 현상 검증을 위한 실험에서도 실험을 진행하는 사람의 능력에 따라 많이 달라지므로 마찬가지라 하겠다).

이와 같은 점을 고려할 때, 분석적 방법을 활용하는 것이 제조 현장 혁신을 위해 가장 빠르고 효율적인 방법이라 할 수 있겠다.

빠른 결론 도출이 가능하다는 것에 이의를 제기하시는 분은 없을 것으로 생각한다. 내부의 데이터로 내부 현상에 대해 분석하고 결론을 도출하는 것이고, 분석에는 데이터를 수집하는 일 외에는 다른 제약 사항이 없다. 분석을 할 수 있고 없고만 결정될 뿐이지 다른 제약 조건은 없다. 그래서 그런 제약 조건을 해결하기 위해 시간을 들일 필요가 없다. 기계공학이나 화학공학에서 실험을 통해 어떤 결론에 도달하는 경우나, 외부 전문가를 초빙하여 내부 현황을 설명하고 이에 대한 의견을 듣는 형태의 컨설팅도 많은 시간이 필요하다. 하지만, 내부 현황을 가장 잘 아는 내부 인력이 내부의 데이터를 수집하여 자체 분석 능력으로 분석할 수 있다면, 얼마나 빠르게 결론에 도달할 수 있겠는가? 이는 너무도 명백하지만, 이러한 방법이 효율적이라는 데에 이의를 제기하시는 분들이 있을 수도 있겠다.

기업에서 "효율"은 "투자 대비 비용"이다. 100을 투자 했으면, 100 이상의 이득을 얻어야 한다. 그렇지 않으면 실패다. 그것도 회계상 적정한 기간 내에 투자 금액이 회수되어야 한다. 사안마다 다르겠으나, 많은 기업에서 IT 관련 투자에 대한 회수 기간을 3~5년 정도로 생각하므로, 그 기간 내에 투자 비용을 회수해야 효율적인 것이다. 그런데, 분석을 위한 필수 요소인 데이터 수집이나 분석을 할 수 있는 툴을 도입하는데 비용이 들며, 얼마만큼의 비용이 드는지는 기업의 상황에 따라 다르다. 어떤 기업은 데이터 인프라가 갖춰져 있어 분석 툴만 있으면 되는 경우도 있고, 어떤 회사는 데이터 수집을 위한 공장 내부 네트워크도 없어 설비에서 데이터 수집을 하기 위해 네트워크부터 가설해야 하는 경우도 있다. 후자의 경우가 가장 절망적이다. 감히 분석적 방법을 활용하여 혁신 활동을 하자고 말하기조차 무섭다. 분석적 방법이 혁신을 주도할 수 있다고 굳건히 믿고 있는 필자도 네트워크 가설까지 해야 하는 경우 투자 대비 효율을 확보할 수 있을지 의문이 들기 때문이다. 전자와 같은 경우는 투자 대비 효율을 확보할 수 있다고 확신할 수 있다. 데이터 인프라만 구축되어 있다면, 분석 툴 도입만으로도 분석 속도가 20~30배 이상 빨라진다. 이 정도라면 분석 결과에 대한 활용 효과를 제외하고라도, 분석 속도 향상에 따른 간접적인 업무 효율성 향상 효과, 다시 말해 분석 툴이 없었다면 20~30명이 해야 할 분석을 1명이 해 낼 수 있음으로 해서 얻어지는 효과만도 연간 최소 10억 원 이상 효과가 있다고 할 수 있다(1인당 지급해야 하는 연봉과 고용 유지를 위해 발생하는 비용을 최소 인당 5,000만 원으로 계산하였다). 매우 드문 경우를 제외하고는 아무리 비싼 분석 툴도 10억 원이 넘는 경우는 없으므로, 투자 비용 회수 기간이 1년이면 가능하다는 계산이 나온다. 일반적으로 계산하는 투자 회수 기간 기준인 3~5년에 비해 충분히 짧은 기간으로, 투자 효과가 분명하다고 판단할 수 있는 것이다.

이렇게 명확하게 투자 대비 효과가 예상되는 경우를 제외하고, 항상 고민이 필요한 상황이 데이터 수집을 위한 네트워크 인프라는 구축되어 있는데, 데이터를 통합하는 인프라와 분석 툴이 구비되어 있지 않은 경우이다. 이런 경우 데이터 인프라 구축을 어느 정도까지 해야 하는지에 따라 비용에 너무 많은 차이가 난다. 예를 들어, 수집해야 하는 데이터 영역이 얼마나 분산되어 있는지, 생산 정보나 품질 정보를 통합해야 할 필요가 있는지, 별도로 있어도 충분히 분석이 가능한지, 기존의 생산 정보나 품질 정보와 설비 정보의 연결을 위해 추가로 필요한 정보가 있는지 여부에 따라 너무 많은 차이가 발생한다. 이런 경우 투자 대비 효용을 따지는 것이 정말 어려운데, 불행하게도 필자가 경험한 기업들의 대부분이 이런 경우였다. 대부분의 기업들이 설비 단위 데이터 모니터링 체계는 설비 도입 시 함께 구축해 놓은 경우가 많기 때문이다. 경영진에서 필요성을 인식하여 전격적으로 진행하는 경우라면, 투자 대비 효용에 대해 투자 심의 시 무척 관대하게(?) 진행되겠지만, 일반적인 경우 ROI를 어떻게 계산할 수 있을 것인가? 어떤 결과가 나올지도 모르는 분석 결과를 어떻게 투자 비용으로 환산할 수 있겠는가? 무척 어려운 일이다.

이런 경우 투자 영역을 정의하고, 최종 투자 여부를 판단하기 위해 가장 좋은 방법은 조그만 규모의 Pilot Project를 진행하는 것이다. 대대적인 투자를 결정하기 전에 최소한의 투자만으로 분석 Pilot Project를 진행해 보는 것이다. 필요하다면 일부 영역에서 데이터 수집 시스템이나 분

제조 빅데이터
활용 전략

146

석 툴도 있어야 분석 Pilot Project를 진행할 수 있겠으나, 이런 경우 Pilot Project의 성과가 좋게 나와서 투자 대비 효용성이 검증된 후 구매하는 조건으로 잠시 무상 임대하는 것이 충분히 가능하다. 데이터 수집 시스템이나 분석 툴을 활용하기 위해서는 소프트웨어와 이를 설치할 히드웨어가 필요하지만, 대부분의 솔루션 업체들이 영업 차원에서 일부 기간 동안 무상으로 소프트웨어를 제공하는 프로그램을 가지고 있으므로 소프트웨어는 어렵지 않게 해결이 된다.

하드웨어의 경우는 일상적으로 운영하는 환경에서 사용해야 하는 안정적인 하드웨어가 아닌 개발용으로 잠시 사용하는 용도이므로, 일정 기간 빌려 사용하는 렌탈용 서버를 이용하거나, 혹시 내부적으로 유휴 장비가 있다면 활용하는 방법 등으로 기업의 상황에 맞게 비용을 최소화하는 방법을 찾을 수 있다. 내부 유휴 장비를 사용하는 경우는 추가 비용이 발생하지 않겠고, 렌탈하는 경우도 1개월에 수십 만 원 정도면 충분한 성능을 갖는 서버를 렌탈할 수 있으므로 이 또한 그리 걱정할 문제는 아니다.

이렇게 데이터 수집 시스템과 분석 툴이 해결되었다면, 그다음 문제는 인적 자원, 즉 분석 전문가이다. 내부에 분석 전문가를 확보하고 있는 경우라면 큰 문제가 없겠으나, 데이터 수집 시스템과 분석 툴이 구비되지 않은 기업의 경우는 그만큼 분석 업무의 발생 빈도가 낮다는 의미이므로, 발생 빈도가 낮은 업무를 위해 내부에 분석 전문가를 보유하고 있다는 것 자체가 이상한 상황이 아니겠는가? 따라서, 이런 상황에 놓인 대부분의 기업에는 내부에 분석 전문가가 없다고 보는 것이 타당할 것이다. 그러므로, 외부의 분석 전문가와 함께 분석 Pilot Project를 수행하는 것 외에 다른 대안은 없고, 따라서 이를 위한 컨설팅 비용이 필요하다. 앞서 언급한 하드웨어 렌탈 비용은 컨설팅 비용에 비하면 매우 적은 비용이므로, 거의 대부분이 컨설팅 비용이라고 해도 무방할 것 같다.

다시 말해, 분석 전문가와 함께 프로젝트 수행을 하기 위한 컨설팅 비용만 있으면 분석 Pilot Project를 수행할 수 있으며, 이런 컨설팅 비용의 투자만으로 수집해야 할 데이터의 수준을 파악하고, 해당 분야에서 어떻게 분석적 결과를 활용하는지를 먼저 검토해 봄으로써, 향후 투자가 필요한 영역을 정의하고, 분석 결과로부터 유추할 수 있는 분석적 결과의 효과를 바탕으로 투자 효과 금액을 산출할 수 있다는 것으로 요약할 수 있겠다. 이를 통해 정확한 ROI 계산을 위한 기본적인 정보인 투자 범위 정의와 투자 효과 금액 계산을 분석 결과를 도출하는 과정에서 얻을 수 있으며, 이를 통해 투자 효용성을 극대화할 수 있다. 이것이 분석 Pilot Project의 가장 중요한 유용성이라 할 수 있겠다.

┃ "잘못된 분석"과 "옳은 분석"

세상 모든 것에 약점이 있듯, 분석적 방법에도 치명적인 약점이 있다. 분석은 데이터 자체에 문제가 있거나, 데이터를 처리하는 과정에서 발생 가능한 치명적인 실수로 인해 잘못된 해석을 할 수 있는 가능성이 언제나 존재한다.

정확한 분석을 통해 기술적으로 잘 이해되는 결론을 도출하였다고 생각하지만, 아직 현실에 적용하여 검증하는 과정을 거치지 않은 상황을 가정해 보자. 이런 분석 결과는 현실에 적용하여 실제로 훌륭한 성과를 얻게 되는 경우도 있겠지만, 아직 검증이 완료되지 않은 시점에는 그 분석 결과가 잘못된 과정이 포함된 분석인지, 아니면 모든 분석 과정이 완벽하고 정확한 분석 결과인지 알지 못한다. 게다가 혁신적인 성과를 가져올 수 있는 분석 결과라면, 기존의 경험적 지식과 배치되는 결과이거나 과거에는 경험하지 못한 내용이 결과에 포함되어 있을 가능성이 높다. 이런 결과라면, 현재의 기술 수준에서 잘 이해가 안 될 가능성이 높다. 이런 점에서 혁신적인 성과를 가져올 수 있는 옳으면서도 훌륭한 분석 결과와 잘못된 과정이 포함된 분석 결과를 구분하기 힘든 경우가 존재한다. 실제로 분석적 방법을 활용하여 기업 혁신을 유도할 때, 가장 어려운 점 중 하나가 분석 과정 중의 실수로 인해 잘못된 결과를 도출한 "잘못된 분석"과 당장은 기술적으로 이해되지 않지만 모든 과정이 정확하게 진행되어 얻은 "옳은 분석"을 구분해 내는 것이다. 두 분석 결과 모두 현재의 지식으로는 잘 이해되지 않고 이상하게 보인다는 점에서, 실수에 의한 "잘못된 분석"과 기술적으로 이해되지 않는 "옳은 분석"은 비슷하다.

그렇다면, 어떤 분석 결과가 기존 지식으로는 이해되지 않지만 혁신적인 결과이고, 어떤 분석 결과가 마땅히 배척되어야 하는 분석 결과이며, 이는 어떻게 구분 가능한 것인가? 결론적으로 말하면, 매우 아쉽게도 여기에 객관적 기준은 없다. 고객들과 만나 제조업에서의 빅데이터와 분석의 역할 및 효과에 대해 얘기할 때, 가장 어려운 점이 바로 이런 부분이다.

일반적으로 컨설팅 영역이라고 정의할 수 있는 영역은 뭔가

MECE(Mutually Exclusive and Completely Exhaustive, 상호배제와 전체 포괄, 겹치지 않으면서 빠짐없이 나눈 것) 하면서 정확하게 정의된 업무 영역으로 나누어진 정해진 틀(Framework)이 있고, 여기에 상황에 따라 정확하게 판단하고 의사결정을 할 수 있도록 방법론이나 의사결정 순서와 같은 것이 있어야 한다고 생각한다. 그래서, 우리가 잘 모르는 부분에 대해 컨설팅을 받으면서 해결하고자 하는 경향이 강하다. 분석 영역도 컨설팅 영역이기에 분석으로부터 혁신을 유도하려는 시점에 잘못된 분석인지 그렇지 않은지를 판단하는 기준이 없다면, 도대체 어떻게 고객이나 임원진을 설득할 수 있겠느냐고 생각할 수 있다. 물론 맞는 말이다. 그래서 고객들, 특히 임원진을 설득하는데 많은 어려움을 겪는 것도 사실이다.

그렇다고, 아무 대책이 없지는 않다. 약간 장황하게 느낄지 모르겠지만, 이 부분은 제조업의 빅데이터 영역에 관심이 있는 모든 분들에게 굉장히 중요한 요소라고 생각하기에 좀 자세하게 설명하고자 한다.

직접 분석한 사람은 자신이 할 수 있는 한 최선을 다해서 분석 결과를 도출했겠지만, 데이터 분석이라는 것이 자신이 가지고 있는 데이터만을 기반으로 진행하기 때문에 분석 과정에서 매우 중요한 데이터가 빠져 있을 수도 있고, 분석을 진행하는 과정에서 실수를 범하여 완전히 잘못된 분석 결과를 도출할 수도 있다. 가장 비근한 예로, 설비가 가동하지 않은 시간의 정보가 제대로 빠지지 않았다던지, 특정 기간에만 적용된 품질 Spec.으로 인해 갑작스레 불량률이 높아진 현상이 나타난 것을 모르고 이에 대한 고려 없이 분석을 했다면, 이는 기본적인 공정 현황 정보 부족에 의한 잘못된 분석으로 이를 바탕으로 도출한 결론은 당연히 잘못된 결론이라 할 수 있다. 또 어떤 경우는 데이터 처리 과정에 치명적인 실수를 하여 완전히 엉뚱한 분석결과를 도출할 수도 있다. 이는 데이터 처리 과정에서 실수가 발생한 경우로, 데이터 처리 과정을 꼼꼼하게 들여다 보아야 찾을 수 있는 경우이다. 이런 경우 또한 잘못된 분석으로 인해 잘못된 결론에 도달할 수도 있고, 이런 경우 기술적으로 이해되지 않는 건 당연하다. 이런 모든 경우가 마땅히 배척되어야 하는 분석 결과이다.

위 경우 중, 보유하고 있는 정보이지만 분석 과정에서 충분히 고려하지 않아 잘못된 결과가 나온 경우는 비교적 손쉽게 찾아낼 수 있다. 이런 경우는 해당 영역에 대한 기본적인 지식을 가지고 있는 사람이기만 하면, 분석 내용을 본 즉시 해당 부분에 이상이 있음을 찾아낼 수 있을 것이다. 예를 들어, 설비 관리를 진단하고 있는 담당자가 분석의 대상이 된 기간에 분석 결과에 영향을 줄 만한 현장 이벤트를 모르지는 않는다. 너무 오래 전에 발생한 이벤트라 정확하게 기억할 수 없을지는 몰라도, 이런 이벤트가 분석 결과에 영향을 줄 수 있다는 것은 확실히 알 수 있고, 그럼 찾아보면 된다. 찾아보려고 해도 데이터가 없는 경우는 물론 다른 상황이다. 분석가가 고려할 데이터 자체가 없었으니 말이다. 아무튼, 데이터가 있는데 분석가의 실수나 미숙함으로 인해 중요한 데이터가 고려되지 않아 잘못된 결과를 낸 경우는 거의 대부분 찾아낼 수 있다.

그리고, 분석가가 분석을 진행하는 과정에서 발생한 데이터 처리 실수로 인해 잘못된 결과를 도출한 경우는 위의 과정보다 찾기 어려운 경향이 있다. 하지만, 조금만 경험이 있는 분석가라면, 데이터 처리 과정에서 뭔가 잘못이 있는 경우 금방 찾아낼 수 있다. 데이터 처리 과정을 한 단계 한 단계 다시 진행해 보면, 어느 부분이 잘못되었는지 금새 찾아낸다. 솔직히 말하면, 이런 실수는 일어날 개연성이 무척 적다. 전문적으로 데이터를 다룬 사람이라면 데이터 처리 과정을 코드 형태로 남겨 놓으며, 그 코드와 원천 데이터만 있으면 어렵지 않게 찾아낼 수 있기 때문이다. 이런 실수가 많이 발생하는 경우는 분석을 많이 해 보지 않은 분석가의 경우이다. 하지만, 이는 단순히 데이터 처리에 얼마나 능숙하냐의 문제이지 근본적인 문제가 아니며, 분석의 효과를 논할 때는 당연히 배제되어야 하는 경우라고 생각한다. 이런 것이 무서워서 분석을 못한다면, 이것이야 말로 구더기 무서워서 장 못 담그는 격이 아니고 무엇이겠는가?

즉, 실수로 인한 "잘못된 분석"으로 잘못된 결론에 도달하게 되는 경우는 분석 대상이 된 영역의 담당자에게 분석 결과를 리뷰 받아 해결할 수 있거나, 아니면, 발생할 확률이 극히 드문 경우뿐이라는 얘기다.

그렇다면, 명확하다. 기술적으로 이해되지는 않지만, "옳은 분석"의 경우에는 분석 과정에서 수집할 수 있는 모든 데이터를 수집하여 분석에 반영하고, 데이터 처리 과정에서 실수 없이 분석이 진행된 경우이다. 반면, 실수로 인해 "잘못된 분석"을 한 경우는 대상 영역의 담당자와 심도 있는 리뷰만으로도 충분히 배제가 가능하고, 데이터 처리 실수로 인한 "잘못된 분석"은 전문 분석가의 경우 거의 발생하지 않는 실수이다. 그러므로, 전문 분석가와 분석 대상 영역의 현업 담당자가 함께 분석을 진행하여 도출된 결과가 기술적으로 이해되지 않는 경우라면, 이는 "옳은 분석"일 확률이 매우 높다고 할 수 있다는 것이다. 그러기에 분석 전문가들은 "잘못된 분석"을 만들지 않기 위해 끊임없이 현업 담당자와 소통하면서 분석을 진행해야 한다.

이렇게 실수로 인한 "잘못된 분석"을 걸러냈다면, 기술적으로 이해되지 않는 "옳은 분석" 결과는 다른 이유, 예를 들어, 품질 항목을 측정하는 설비의 감도가 원하는 수준에 못 미치기 때문에 정합성이 떨어진다든지, 그동안 내부적으로 알고 있던 사실과 대치되는 결과가 도출되었다 던지 하는 이유로 "옳은 분석" 결과를 배척해서는 안 된다.

분석적 접근 방법은 그동안 알지 못했던 새로운 현상을 찾아내는 것이 그 목적이다. 새로운 현상을 찾아낸 결과가 철저히 데이터를 검증한 결과로 나온 것이기만 하다면 말이다. 품질 측정기 자체의 감도가 원하는 수준에 못 미치기 때문에 분석에 의미가 없다고 한다면, 측정 설비는 뭐 하러 도입한 것인가? 아마 절대값은 못 믿더라도 그 상대적인 경향성이라도 보고 싶다는 생각에서 원하는 수준의 감도는 아니지만, 품질 값을 측정하고 모니터링 하는 것일 것이다. 측정 정확도가 떨어지더라도 측정기 도입에 그런 의미가 있다면 분석적 방법에서 찾아낸 분석 결과도 같은 정도의 의미를 가진다고 할 수 있다. 특히나, 여러 설비 또는 여러 다른 시점의 데이터에서 비슷한 경향을 보였다면 더욱 확신할 수 있다. 그 절대값은 정확하게 믿기 어려운 수준의 측정 장비에서 측정된 값의 큰 산포보다 더 큰 평균의 변화를 가져오는 어떤 인자를 분석적 방법에서 찾은 것이기 때문이다.

분석을 진행할 때에는 "왜 이런 현상이 나타났을까? 이런 현상이 나타날 수 있는 가능한 메커니즘은 어떤 것이 있는가?"를 지속적으로 상상해 보아야 한다. 과학적으로 규명되지 않아도 좋다. 그냥 상상해 보고, 어느 부분에서 논리적으로 맞지 않는 점이 나타나면 과감히 그 가설을 버리면 된다. 상상하는 데는 돈이 들지 않으니 무한대로 상상해 보자.

그리고 몇 가지 가정을 바탕으로 논리적으로 맞는 분석 결과라면, 또한 그 가정들이 발생할 확률이 "0"이 아니라면, 일단 분석결과를 믿어보자. 그래야 상상할 수 있다. 그렇게 상상해 본 결과가 때론 굉장한 부가가치를 가져오기도 한다. 돈 안 드는 상상이 큰 부가가치로 환산된다면 이 얼마나 남는 장사인가?

| 성공적 분석Project 수행을 위해 반드시 지켜야 할 5가지

1. 명확한 분석 주제를 선정하라

필자가 분석 프로젝트 진행을 위해 고객들을 만나보면, 많은 기업들이 굉장히 막연한 주제를 가지고 분석 프로젝트를 수행하고자 하는 경우를 종종 볼 수 있었다. 이는 많은 기업들이 아직은 분석적 방법을 활용해 본 경험이 많지 않고, 분석 경험이 부족한 기업일수록 기업이 지향해야 할 목표와 현재 해결해야 할 과제를 혼돈하는 데에서 기인한 것 같다. 예를 들어, "설비 예지 보전 체계 구축"이라는 프로젝트를 하고자 하는 기업이 있다고 가정해 보자. 설비 보전 전략 중 가장 앞선 전략이라 할 수 있는 "예지 보전(Predictive Maintenance)" 체계를 구축한다는 것은 매우 바람직한 방향성임에는 틀림이 없다. 하지만, 아무리 바람직한 방향성이라 할지라도 이것은 분석 프로젝트 명으로는 적당하지 않다. "예지 보전 체계 구축"은 기업이 선택한 설비관리 전략으로, 앞으로 지속적으로 구축해야 할 미래의 모습이지 당장 해결해야 할 문제가 아니다. 어떻게 한 번의 프로젝트로 "설비 예지 보전 체계 구축"을 완성할 수 있겠는가?

분석 Project 는 그 진행 목적상 매우 작은 범위에 대해 소수의 인원이 진행하게 된다. 작은 범위를 대상으로 진행되는 만큼, 투입되는 시스템 장비도 운영 시스템에 비해 매우 한정된 자원이 할당되는 것은 당연하다. 이렇게 한정된 상황을 전제로 진행되는 프로젝트니만큼, 프로젝트를 성공적으로 완료하기 위해 반드시 필요한 것이 있다. 바로 프로젝트에 대한 사전 준비인데, 그중 가장 중요한 준비는 분석 주제 선정이다. 분석 주제는 매우 구체적으로 정의해야 하고, 그 목적 또한 명확해야 한다. 막연히 '설비 예지 보전을 위한 예측 모델 개발 프로젝트', '품질 문제 자동 분석 시스템 구축' 등 너무 막연한 주제를 가지고 시작하는 프로젝트는 성공하기 어렵다. 필자가 생각하기에 가장 좋은 주제는 '어떤 현상이 일어나는데, 이를 사전에 알 수 있는 방법을 찾자'라던가, '가지고 있는 데이터는 000, 000, 000 이 전부인데, 이것으로 XXX 품질 문제의 해결 방법을 찾아 보자' 등 구체적으로 정해야 한다. 여기에 프로젝트의 목표도 명확히 정의해야 한다. 품질에 영향을 미치는 인자를 찾는 것이 목표인지, 아니면 품질 수준을 예측하여 품질 관리를 위한 프로세스에서 활용하려는 것인지를 명확히 해야 한다. 왜냐하면, 목표에 따라 사용하는 분석 기법과 분석용 데이터 셋을 만드는 형태가 달라질 수 있기 때문이다.

혹시, 명확한 주제를 선정하기 어려운 상황에 처해 있다면, 프로젝트 수행 초기에 분석 주제를 결정하는 시간을 별도로 준비해 두어야 한다. 너무 막연한 주제는 프로젝트 수행을 어렵게 만들고, 좋은 결과를 보장하기 어렵다는 점을 잊어서는 안 된다. 그러기에 분석 프로젝트를 시작하기 전에 반드시 주제를 명확하게 정의하기 위한 내부 검토 과정을 거쳐야 한다. 가능하다면, 미리 분석 주제를 정하고, 분석 대상 영역의 담당자나 임원진 등 관련자들과 미리 분석 주제에 대해 어느 정도 공감대를 형성하는 것까지 진행한다면 더 바랄 나위가 없겠다.

구체적인 현상에 대해 정확한 주제와 목표 수준을 정하는 것만으로도 문제의 반은 해결한 것이나 마찬가지다. 정확한 주제와 목표 수준을 정할 수 있으면, 분석 프로젝트 수행을 위한 기초 공사를 매우 튼튼하게 마쳤다고 할 수 있겠다.

2. 분석 Project에 현업 담당자를 꼭 참여시켜라!

일부 선진 기업들 중 일부에서 분석 전문가 양성을 위해 전담 조직을 갖추고 내부 분석 컨설팅을 진행하는 경우가 있긴 하지만, 아직 대부분의 기업이 분석을 전담하는 인력을 보유하고 있지 못한 것이 현실이다. 이런 현실에서 품질 관리나 설비 관리 분야에서 업무를 수행하고 있는 인력들 중 분석 업무를 자체적으로 진행할 인력이 있는 경우는 없다고 말해도 무리가 아닐 것이다. 그러므로, 품질관리나 설비관리 등 제조 현장을 분석 대상으로 하는 경우, 분석 대상 영역에 대한 기술적 지식을 가지고 있으면서 분석 영역의 지식을 동시에 가지고 있는 사람은 거의 없다고 봐야 한다. 이러한 상황은 내부에 분석 전담 조직이 있어서 내부 분석 전문가가 분석을 진행할 수 있는 경우나, 내부 전담 조직이 없어서 외부 분석 전문가와 함께 진행해야 하는 경우 모두, 분석을 진행하는 과정에서 필수적으로 필요한 해당 영역에 대한 기술적 분석을 매우 어렵게 만든다. 그러므로, 결국 내부 인력이든 외부 인력이든 분석 전문가가 분석을 진행할 때, 반드시 현업 담당자가 있어야 한다는 결론에 도달하게 된다.

기업에서 분석적 방법을 제조 현장에 적용하려고 할 때, 현업 담당자의 도움을 받는 것은 매우 어렵다. 어떤 분은 '자신이 일하는데 도움을 주겠다는데 왜 도움을 주지 않지?' 라며 이상하게 생각하실지 모르지만, 이것은 엄연한 현실이고 나름 이유도 있다. 분석적 방법을 적용해 본 경험이 없어서 이런 방법이 별로 도움이 되지 않을 것이라는 생각에 미온적으로 대응하는 경우도 있고, 분석적 방법이 너무 많이 적용되면 너무 많은 것이 자동화되어 일자리가 줄어들지는 않을까 하는 걱정으로 인해 이성적으로는 도움을 주어야 한다고 생각하나 감정적으로 도움 주기를 주저하는 경우도 있다. 또 어떤 경우는 IT시스템으로 현장 정보를 수집하여 현장을 감시하려는 것이라고 생각한 나머지, 분석 프로젝트 수행 자체를 적대적으로 대하는 경우도 있다. 어느 경우든 현업의 도움을 받기 어려운 것은 마찬가지겠지만, 어떻게든 현업 담당자의 도움을 이끌어 내야 한다. 그것도 프로젝트 진행 시에 도움을 주겠다는 약속 정도만으로는 부족하며, 프로젝트 진행 전반에 걸쳐 직접 참여해야 한다.

현업 담당자는 당장 해야 할 업무도 많고, 복잡한 통계 분석도 익숙하지 않은데, 굳이 현업이 프로젝트에 직접 참여해야 하는지 의문을 갖는 분들도 계실 것이고, 외부 분석 전문가와 프로젝트를 진행하는 경우에 현업이 직접 프로젝트에 참여해야 한다면, 비용을 지불하면서까지 외부 전문가에게 컨설팅을 받는 것이 부적절하지 않냐고 반문하는 분들도 계실 것이다. 이런 어려움 속에서도 반드시 현업 담당자가 프로젝트에 참여해야 한다고 주장하는 이유에 대해 좀 더 얘기해 보자.

분석 프로젝트 진행에 현업이 반드시 참여해야 하다고 주장하는 가장 큰 이유는 분석 프로젝트의 결과물을 활용할 주체가 현업 담당자라는 점이다. 분석 프로젝트의 결과물은 결론에 도달하는 과정이 매우 복잡하여, 프로젝트 종료 시 결과 보고를 받는 자리에서 프로젝트 중 진행된 모든 분석 내용을 파악하는 것은 거의 불가능하다. 매우 복잡한 결론 도달 과정에 대해 정확하게 이해하고 있지 못하면, 아무리 결과가 훌륭하다고 하더라도 단순히 호기심을 충족시키는 정도에 그치기 쉽다. 복잡한 분석 프로젝트의 결과물을 활용해야 하는 주체인 현업이 프로젝트 결과가 도출된 과정에 대해 정확한 지식이 없으면, 결과물에 대한 확신이 없어지고, 향후 결과물을 활용하는 단계로 넘어가기 어렵게 된다. 그러므로, 반드시 현업 담당자는 분석 결과물이 나오게 된 모든 과정을 정확하게 알고 있어야 한다. 핵심적인 알고리즘은 물론이고, 원천 데이터 수집과 데이터 처리 및 변환 과정과 알고리즘 적용 시 미세한 차이를 만드는 옵션 사항까지 정확하게 알고 있어야 한다. 이런 정도를 알 수 있으려면, 어떤 이도 프로젝트에 직접 참여하지 않고는 불가능하다.

두 번째로 들 수 있는 이유는 분석 효율성을 확보하는 가장 확실한 방법이 현업의 참여라는 점이다. 어떤 분석 프로젝트든 프로젝트를 진행할 때, 가장 먼저 해야 하는 것이 데이터 수집과 원천 데이터의 기술적 의미 파악이다. 어디에 어떤 데이터가 존재하며, 각 데이터는 어떤 의미를 가지고 있는지 아는 것은 분석 프로젝트를 진행하는 첫 단계라할 수 있다. 모든 프로젝트가 그렇듯 분석 프로젝트도 첫 단계는 매우 중요한 단계이다. 그도 그럴 것이(이런 경우는 거의 없겠지만) 잘못된 데이터를 가지고 분석한다거나, 수집된 데이터의 기술적 의미를 잘못 알고 있어서 분석 과정에서 해석을 잘못했다면, 분석 결과도 역시 잘못된 결과임은 자명한 일이기 때문이다. 그러기에 분석가는 분석에 사용하는 데이터에 대한 의미를 정확히 파악하려고 노력하고, 이에 많은 시간을 할애할 수밖에 없다. 이렇게 데이터의 의미를 파악하는 과정 중에 현업 담당자가 함께하고 있다고 생각해 보자. 이보다 더 빠르고 정확하게 데이터의 의미를 파악하는 방법은 없을 것이다.

데이터의 의미를 파악하는 과정을 지나 분석 결과를 도출해 내는 과정을 살펴보아도, 현업 담당자가 있는 경우와 그렇지 않은 경우 효율성은 큰 차이를 보인다. 분석하는 과정을 간단히 요약하면, 데이터의 형태로부터 어떤 가설을 세우고, 가설을 검증하기 위해 적절히 데이터를 변환한 후, 그 가설이 맞는지 그렇지 않은지 확인하는 과정의 연속이다. 이 과정 중 가설을 세우는 과정이 가장 중요하며, 가설을 얼마나 잘 세우느냐가 분석 프로젝트에서 원하는 수준의 결과를 도출해 내는데 가장 중요한 요소가 된다. 가설을 세울 때 기술적으로 배제될 수 있는 가설을 애당초 제외시킨다면, 가설 검증을 위해 데이터 처리를 하고 결과를 확인하는 과정이 필요 없어지기 때문에 수립한 가설을 확인하는 과정을 최소화할 수 있다. 기술적으로 충분히 배제할 수 있는 가설을 확인하기 위해 데이터를 변환하여 만들고, 분석 결과를 확인하는 과정을 반복한다면 엄청난 시간적 낭비가 있을 것임은 명백하다.

이러한 가설 수립을 위해 기술적으로 배제 가능한 가설을 배제하는 일을 현업 담당자만큼 잘 할 수 있는 사람은 없을 것이다. 현업 담당자라면 어떤 가설을 수립하는 단계에서 기술적으로나 현 관리 프로세스 상에서 완전히 배제시킬 수 있는 가설은 듣는 순간 바로 알 수 있을 것이다. 물론 현업 담당자가 기술적으로 배제 가능한 가설을 배제한다는 것이 현업 담당자가 기술적으로 이해하는 부분만 가설로 만든다는 것을 의미하지는 않는다. 현업 담당자의 시각으로 봤을 때, 어떤 가설을 가지고 분석한 결과가 다양한 형태로 해석될 수 있어 우리가 확인하고자 하는 가설에 대한 검증이 불가능할 때, 비로소 해당 가설을 기술적으로 배제 가능하다는 것이다.

위에서 언급한 두 가지 이유로 분석 프로젝트를 진행할 때, 반드시 현업 담당자가 프로젝트 팀에 소속되어 참여해야 한다. 가능하면 Full-tim으로 프로젝트에 참여하는 것이 가장 바람직하겠으나 업무 시간 중 Full-time으로 프로젝트에 참여할 수 없는 상황이라면, 매일 30~60분 정도 프로젝트 팀과 전날 진행사항과 오늘 진행할 일을 공유하거나, 이도 어렵다 면 프로젝트 팀에서 밀도 있는 토의가 가능하도록 현업 담당자가 참여하는 회의를 최소한 주 1~2회 정도 진행하는 것이 필요하다. 이도 어렵다면, 분석 프로젝트 진행하는 것을 다시 한번 고려해 보기 바란다. 현업 담당자가 프로젝트에 참여하지 못하는 상태에서 분석 전문가도 해당 영역에 매우 많은 지식을 가지고 있지 못하다면, 분석 프로젝트가 실패할 확률은 거의 100%에 가깝다. 반대로 현업 담당자가 프로젝트에 적극적으로 참여하고, 분석 전문가도 해당 영역에서 상당한 지식을 가지고 있는 경우라면, 분석 프로젝트의 목적을 달성할 확률은 매우 높아진다. 프로젝트의 성공을 담보하는 가장 확실한 방법 중 하나가 바로 현업 담당자의 프로젝트 참여이다.

3. 가능한 많은 데이터로 분석을 진행하도록 욕심을 내라.

분석 프로젝트를 진행할 때, 가장 먼저 고민되는 것 중 하나가 어느 정도의 데이터로 분석을 진행할지 정하는 문제이다. 데이터를 제공하거나 다루는 입장에서는 데이터가 많아지면 분석을 위해 그만큼 많은 시간과 노력이 필요하게 되기 때문에 제한된 자원을 고려할 때, 너무 많은 데이터를 사용하지 않으려는 성향을 나타낼 수밖에 없다. 반면에 분석 결과를 비즈니스에 적용하여 활용하려는 입장에서 보면, 많은 데이터를 사용할수록 좋은 분석 결과를 낼 수 있는 확률이 높아지고, 그 결과에 대한 신뢰성이 높아질 것이므로 분석에 보다 많은 데이터를 사용하려는 경향을 보일 수밖에 없다. 이런 상황에서 분석 프로젝트를 진행하는 팀에서는 데이터의 범위를 어느 정도로 정해서 분석해야 할 것인지 고민이 될 수밖에 없을 것이다. 이에 대해 같이 생각해보자.

데이터의 범위는 크게 두 가지로 구분하여 생각할 수 있을 것이다. 첫째는 사용하는 데이터의 종류이다. 데이터의 종류를 좀더 분석적인 용어로 바꾸어 말하면 변수라 부른다. 즉, 데이터의 종류 측면에서 데이터의 범위를 정하라는 말은 변수를 얼마나 사용할 것인가를 결정하는 것이다. 변수는 독립 변수와 종속 변수로 나눌 수 있겠고, 종속 변수의 개수는 분석 주제에 따라 달라지므로 분석 프로젝트를 시작하는 시점에는 분석 주제가 결정되어 있을 것이라는 전제 하에 우리가 고민해야 하는 데이터의 종류 측면에서의 범위, 즉, 변수의 개수에 관한 문제는 주로 독립 변수에 관한 문제라고 해야 할 것이다. 독립 변수는 종속 변수에 영향을 줄 수 있는지 여부에 따라, 기술적으로 봤을 때 영향을 줄 수 있는 가능성이 전혀 없는 경우에는 분석하는 과정을 거치지 않고 분석 시작 전에 배제하는 것이 가능할 것이다. 기술적으로 전혀 영향을 주지 않는다는 것을 알고 있는 변수에 대해 굳이 분석을 진행할 필요는 없을 것이므로, 애초에 분석 범위에서 제외시킬 수 있다는 것이다. 하지만, 여기서 고려해야 할 가장 중요한 것은 단순히 해당 영역 담당자의 경험이나 해당 분야 전문가의 의견에 의해 분석 변수에서 제외하는 결정을 해서는 안 된다는 것이다. 기술적으로 완전히 배제할 수 있다고는 할 수 없으나 해당 영역 담당자의 경험에 의하면 그렇지 않았다던지, 또는 해당 분야의 전문가가 그럴 가능성이 매우 희박하다는 의견을 주었다는 이유로 해당 독립 변수를 제외하는 것은 매우 위험한 일이라는 것이다. 그러므로, 데이터의 종류, 즉 독립 변수를 분석에 얼마나 사용할 것인가 하는 문제를 고민할 때, 기술적으로 완전히 배제 가능한 독립 변수는 제외하되 100% 확신이 없는 독립 변수는 모두 분석에 활용하는 것이 좋다고 결론 내릴 수 있을 것 같다.

두 번째로 고민해야 하는 데이터의 범위는 얼마나 상세한 데이터를 활용할 것인가의 문제이다. 이러한 고민은 주로 시계열 데이터를 분석하는 경우에 주로 나타나게 되는데, 거의 대부분의 데이터가 시계열 데이터로 구성되어 있는 제조 공정 데이터를 분석할 때 주로 발생하게 된다. 혹자가 이런 고민을 듣는다면, 더 촘촘한 데이터로부터 덜 촘촘한 데이터를 만들 수는 있지만, 그 반대는 불가능하므로 가능한 가장 촘촘한 데이터로 분석하면 되지 무슨 고민을 하냐고 되물을지 모르겠다. 하지만, 아무 문제가 되지 않는다는 듯이 매우 쉽게 말할 수 있는 부분이 제조 공정 데이터를 분석할 때는 매우 심각한 문제를 야기하기도 한다.

이런 문제가 심각한 이유는 매우 간단하다. 바로 돈의 문제이다. 촘촘한 데이터를 사용하여 분석을 한다는 것은 같은 시간에 수집되는 데이터의 양이 많아진다는 의미이다. 예를 들어, 1분에 하나의 데이터를 저장하던 공정에서 1초에 한 번 데이터를 저장하는 것으로 변경하면, 데이터 양은 60배로 증가하게 된다. 더 상세한 데이터를 모으기 위해 ms 단위로 데이터 수집 단위 시간을 줄이면 데이터 양은 더욱 커지게 될 것이다. 저장해야 하는 데이터 양이 커지면, 이에 따른 하드디스크 비용이 증가하는 것은 말할 필요도 없다. 하지만, 단순히 데이터 저장을 위한 하드디스크 비용의 증가가 촘촘한 데이터를 사용하기 위해 지불해야 하는 비용의 전부는 아니다. 촘촘하게 데이터를 수집하기 위해 기존에 가지고 있던 데이터 수집 아키텍처가 송두리째 바뀌어야 하는 경우도 있다. 빨라진 데이터 수집 간격을 지원하기 위한 네트워크 증설, 미드웨어의 데이터 처리 용량 증가로 인한 미드웨어 용량 증설 등이 그것이다. 이렇듯 데이터 수집 간격을 줄이는 것은 그리 만만한 문제가 아니며, 실제 현장에서 가장 큰 문제를 야기하는 원인이 되는 것도 사실이다.

그렇다면, 분석 프로젝트 수행을 위해 어느 정도로 촘촘한 데이터를 수집하여 분석하는 것이 가장 효율적일까? 우선 현재의 데이터 수집 아키텍처 상에서 수집할 수 있는 최소 간격의 데이터를 수집하는 것이 옳은 판단일 것이다. 하지만, 대부분의 기업에서 아직 분석 프로젝트를 통해 의미 있는 분석 결과를 도출할 수 있을 정도로 충분한 데이터를 수집하지 못하고 있다는 현실을 감안한다면, 현재의 데이터 수집 아키텍처를 유지하면서 해당 설비에서 수집 가능한 최소 데이터 간격을 수집할 수 있는 경우는 매우 어려운 일일 것이다. 예를 들어 설비에서는 100ms

단위로 데이터를 내주고 있고, 이를 OPC 서버를 사용하여 데이터 저장 시스템으로 연결시켜 주고 있는데, OPC서버를 통해 수집할 수 있는 최소 간격의 데이터가 500ms이라면 OPC를 통해 데이터를 수집할 수 있는 500ms 단위 데이터를 수집하여 분석하는 것이 가장 현실적인 선택이 될 것이다. 설비에서 직접 데이터를 받기 위해서는 매우 복잡한 프로토콜 변환 과정을 거쳐 데이터를 수집할 수 있도록 별도의 개발이 필요한데, 이는 현장 설비에 영향을 주어 생산 활동에 영향을 줄 수 있으므로 현실적으로 어려운 경우가 많다. 하지만, 해당 공정이 이미 OPC 서버를 통해 통신을 하고 있는 환경이라면, OPC로부터 데이터를 수집하도록 하면 설비에 영향을 줄 가능성이 거의 없다. 그러므로, 현장에 영향을 주지 않는 수준에서 가장 촘촘한 데이터를 수집하여 분석하는 것이 가장 현실적인 선택이라 할 수 있겠다.

그리고, 여기에 또 한 가지 고민해야 할 중요한 문제가 있다. 바로 분석 주제와의 연관성이다. 분석 주제 자체가 매우 촘촘한 데이터가 아니면 프로젝트의 목적을 달성할 수 없는 주제인 경우, 예를 들어 전기 데이터의 특성이 분석 결과에 반드시 포함되어야 하는 경우라면, 데이터 간격은 상당히 촘촘해야 한다. 이는 다분히 경험적으로 판단할 수밖에 없어서 어떤 정확한 기준을 제시할 수는 없겠지만, 필자의 경험에 의하면, 전기 관련 데이터의 특성이 분석에 포함되어야 하는 분석의 경우는 최소 100ms 단위의 데이터는 필요하다. 데이터 간격이 그 이상이라면, 전기 관련 데이터의 특성이 반영되어야 하는 분석은 좋은 결과를 내지 못할 가능성이 매우 높다. 이런 경우 100ms 단위 이하로 데이터 수집 간격을 줄일 수 없다면, 전기 관련 데이터의 영향도를 줄이는 형태로 분석 주제를 변경하는 것이 좋겠다. 이렇듯, 데이터의 수집 간격이 분석 주제에 영향을 미칠 수 있다는 것을 반드시 명심해야 한다.

분석 프로젝트를 성공적으로 수행하기 위해서는 데이터의 양을 결정하는 것이 매우 중요한 요소임을 다시 한 번 강조한다. 위에서 언급한 데이터의 종류(**독립 변수의 양**), 데이터의 수집 간격, 분석 주제 등 데이터의 양을 결정하는 요소들을 적절히 고려하여 분석에 사용하는 데이터 양을 사전에 고려한다면, 분석 프로젝트의 성공 확률을 크게 높일 수 있을 것이다.

4. 해당 분야의 현장 경험이 있는 분석 전문가와 프로젝트를 수행하라.

신문지 상에 "Data Scientist"를 다룬 기사를 한 번쯤은 접했을 것이라 생각한다. 이들 기사에서 "Data Scientist"는 '해당 분야에 전문적인 지식을 가지며, 통계적 지식과 데이터 관련 IT 지식을 고루 갖추어 분석을 통해 의사결정을 지원할 수 있는 사람'이라고 정의한다. 분석을 위해 필수적인 데이터 수집/처리를 위한 IT 기술에 대한 지식과 데이터의 의미 도출을 위한 통계적 지식이 필요하다는 것은 너무도 당연할 것이다. 그런데, 거기에 해당 분야의 전문적인 지식까지 갖춘 인력이 과연 존재할 것인가 하는 의문이 든다. 그리고, 앞에서 분석 프로젝트 수행을 위해 현업 담당자가 필요한 이유를 장황하게 설명했는데, '해당 분야에 전문적인 지식을 갖춘 "Data Scientist"라면 현업 담당자는 필요 없지 않는가?'하고 반문하는 사람도 있을 것이다. 모두 맞는 말이다. 해당 분야에 전문적인 지식을 가지고 있으면서도 IT, 통계 지식을 함께 가지고 있는 사람을 찾는 것은 매우 어렵다. 특히 제조업에서는 더욱 그렇다. 그래서 현업 담당자를 반드시 프로젝트에 참여시켜야 한다고 하지 않았던가?

여기서 "해당 분야의 전문적인 지식"의 수준을 어느 정도로 볼 것인가를 먼저 살펴봐야 이에 대한 논의를 지속할 수 있으리라 생각한다. "해당 분야의 전문 지식"을 문자 그대로 해당 분야와 관련한 해박하면서 상세한 지식이라고 해석한다면, 위에서 언급한 것처럼 그런 사람을 찾는 것은 매우 어렵고, 혹시 그런 사람을 찾았다면 현업 담당자의 프로젝트 참여도 필요 없을 것이다. 하지만, 그런 사람을 찾는 것은 매우 어렵다. 아니, 거의 불가능하다. 그럼 여기서 말하는 "해당 분야의 전문 지식"은 어떻게 해석해야 하는가?

필자는 이를 "해당 분야에서 전문가와 대화할 수 있는 수준의 전문적인 지식"으로 해석하고 싶다. IT, 통계 지식을 가지고 있으면서 해당 분야에 해박하고 상세한 지식을 갖춘 인력은 찾기 어렵더라도, 현업의 기술 전문가와 대화할 수 있는 수준의 전문 지식을 갖춘 인력은 있다. 이 또한 풍부한 인적 자원이 있는 것은 아니지만, 그래도 찾을 가능성이 조금은 높아진다. 해당 분야의 상세 지식은 없지만, 현업 담당자와의 협업을 통해 상세 지식을 빠르게 받아들일 수 있고, 현업 담당자에게 부족한 IT, 통계 지식을 바탕으로 찾아낸 분석 결과를 충분히 이해할 수 있도록 설명하고 이를 해당 분야의 언어로 변환할 수만 있다면, 분석 프로젝트를 진행하기에 충분한 정도의 지식을 갖추었다고 할 수 있다는 것이다.

여기서 대화할 수 있을 정도의 전문적인 지식이라면, 해당 분야의 기초적인 지식을 말한다. 예를 들어 제조업의 설비 고장에 관한 분석을 해야 한다면, 설비 제어 관련 지식, 기계적인 고장(**마모, 파손 등**)에 대한 재료

공학적 지식, 설비 상태 진단을 위한 기술들(진동 측정, X-ray를 통한 비파괴 검사 등)에 대한 기초적인 지식을 가지고 있어서, 현업 담당자가 일일이 설명해 주지 않고 몇 마디만 나누어도 대략적으로 설비 및 제품 품질이나 공정의 특성을 파악할 수 있고, 데이터 분석 과정에서 어떤 상세 질문을 제기해야 결과 해석에 도움이 될지 알 수 있는 정도가 일반적인 지식에 해당할 것이다. 다시 말해 IT, 통계 지식과 더불어 현업 담당자와 대화가 가능한 정도의 해당 분야 일반 지식을 갖춘 "Data Scientist"가 필요한 것이다.

그렇다면 왜 해당 분야의 일반 지식을 갖춘 분석 전문가가 필요한 것인가? 현업 담당자와 IT/통계 분석에 능통한 분석 전문가가 유기적인 협업으로 동일한 효과를 만들어 낼 수는 없는가? 물론 "유기적인 협업"이 가능하다면, 현업 담당자와 해당 분야의 지식이 부족한 분석 전문가도 훌륭한 분석 결과를 도출할 수 있을 것이다. 하지만, 분석 전문가가 해당 분야에 어느 정도의 지식을 갖추지 못한 상태라면, "유기적인 협업"은 거의 불가능하다. 앞서 말한 바와 같이 현업 담당자가 하나하나 기본적인 기술과 관련된 내용을 분석 전문가에게 전달해 주는 것은 매우 어려워 상당한 시간이 필요한데, 분석 프로젝트를 진행하는 기간은 길어야 6개월이고 보통 2~3개월 정도이다. 이 정도 기간 동안 기초적인 지식을 포함해 해당 분야에 특화된 지식을 분석 전문가가 모두 이해하기란 쉽지 않다. 그래서 분석 과정에서 발생하는 혁신적인 분석 결과의 단초를 모르고 흘려버리기 십상이다.

이보다 더 큰 문제는 커뮤니케이션 문제이다. 현업 담당자와 분석 전문가는 유기적인 협업을 위해 서로 긴밀하게 커뮤니케이션 해야 하는

데, 회의 시간 중에 나온 용어의 대부분이 생소한 단어이고, 또 어떤 경우는 같은 단어를 다른 의미로 사용하는 경우도 허다하다. 그래서 한참 회의를 하고 나온 후 현업 담당자와 분석 전문가가 서로 정반대로 이해하여 나중에 논쟁거리로 발생하는 경우가 심심치 않게 발생한다. 즉, 분석 전문가의 해당 분야에 대한 기초 지식은 분석을 잘하기 위해서도 필요하지만, 현업 담당자와 유기적인 협업을 위한 커뮤니케이션을 위해서도 필수적인 것이다.

해당 분야의 기초적 지식을 가지고 있지 못한 분석 전문가와 현업 담당자가 분석 프로젝트를 진행하는 것은 흡사 외국어에 능통하지 않은 현업 담당자와 외국인 분석 전문가가 프로젝트를 진행하는 것에 비유할 수 있다. 외국인 분석 전문가가 우리나라 말을 유창하게 잘 하는 사람이라면 현업 담당자와 원활하게 분석 프로젝트를 진행할 수 있겠으나, 우리나라 말에 익숙하지 않다면 현업 담당자와의 커뮤니케이션에서 많은 어려움이 있을 것이고, 그만큼 분석 결과 도출에 많은 어려움을 느낄 것이라는 것은 자명하다.

5. 분석 결과는 현업 업무 관점에서 이해할 수 있도록 정리하라.

지금까지 언급한 성공적 분석 프로젝트 수행을 위한 반드시 지켜야 할 5가지 중 4가지가 프로젝트 팀의 구성원 중 고객이 고민해야 할 내용을 정리한 것이라면, 마지막 5번째는 분석 전문가가 항상 마음 속으로 기억하고 실천해야 하는 것이다.

분석 프로젝트를 진행하는 팀은 현업 담당자와 분석 전문가로 구성되는 것이 보통이며, 분석 전문가가 현업 담당자로부터 분석 대상 영역의 상세 기술 사항에 대한 정보를 얻어 분석 방향을 정하는 역할을 담당하게 된다는 것을 앞서 얘기한 바 있다. 데이터는 어떻게 변환하여 분석용 데이터를 준비할 것인지, 어떤 분석 기법을 사용하여 분석 결과를 얻어 낼 것인지를 결정하는 것이 분석 전문가의 역할이다. 분석 프로젝트에서 얻어지는 분석 결과는 분석 전문가가 어떤 데이터를 어떻게 변환하여 어떤 분석 기법을 활용하느냐에 따라 다른 형태로 나올 수밖에 없으므로, 어떤 분석 결과를 유도해 낼 것인가는 전적으로 분석 전문가의 책임 하에 결정된다고 볼 수밖에 없다. 현업 담당자의 경우 데이터 처리나 분석 기법을 정확히 이해하여 분석 방향을 정할 수 있을 정도로 분석 분야에 대한 지식이 많지 않기 때문에, 분석 결과를 내는 과정에서 해당 영역에 대해 분석 프로젝트 팀이 높은 기술적 이해도를 바탕으로 분석을 진행할 수 있도록 돕는 것과 분석 결과에 대한 기술적 해석을 돕는 것이 주 역할일 수밖에 없다(현업 담당자가 분석 분야의 전문지식을 가지고 있는 경우가 가장 이상적인 경우라고 하겠으나, 그런 경우는 매우 드물다).

분석 전문가는 데이터를 변환하여 분석용 데이터를 만드는 과정부터 어떤 분석 결과를 낼 것인지를 고려하면서 분석을 진행하기 때문에 어떤 분석 결과가 도출될 것인지에 대한 가장 큰 책임도 분석 전문가에게 있다.

그렇다면, 분석 전문가 입장에서 분석 결과를 도출할 때, 어떤 점에 초점을 맞추어 의미 있는 분석 결과를 도출하도록 노력을 해야 할 것인가? 어떤 정해진 틀이 있지 않은 분석 방향을 정할 때, 어떤 점에 가장 큰 주안점을 두어 분석을 진행할 것인가? 참으로 어려운 일이 아닐 수 없다.

꽁장히 어려운 일임에는 분명하지만, 필자가 생각하는 가장 중요한 요소는 현업의 입장에서 이해 가능한 결과를 내도록 노력해야 한다는 것이다. 어쩌면, 너무도 당연한 얘기라며 필자를 탓하는 분이 계실지는 모르겠으나, 당연하지만 매우 어려운 항목이다. 이런 당연한 것을 매우 어렵다고 말하는 이유는, 분석 전문가 입장에서 보면 분석가는 데이터를 기반으로 적절한 분석 기법을 활용하여 통계적으로 유의미한 결과를 도출해 주고, 기술적 해석은 현업 담당자가 해야 하는 것이라고 생각하기 쉽기 때문이다. 특히나, 분석 대상 영역에 대한 기초 지식이 부족한 분석 전문가일수록 더더욱 그런 경향이 뚜렷이 나타나게 된다. 분석 대상 영역의 기초 지식이 부족한 분석가가 현업이 이해하기 어려운 분석 결과를 만들어 내면, 현업 담당자는 이해하기 어려운 분석 결과를 받아 들고 당황할 수밖에 없다. 그런 당황스러운 분석 결과는 현업 담당자와 분석가의 커뮤니케이션을 부족하게 만들고, 부족해진 현업 담당자와 분석가의 커뮤니케이션은 분석 결과를 최악으로 치닫게 만든다. 너무 통계적인 의미만을 따진 나머지, 현업 담당자가 이해하기 어려운 분석 결과가 공유되면, 현업 담당자 입장에서 프로젝트에 적극적으로 참여하고 싶겠는가? 현업 담당자에게 어려운 분석 결과는 현업 담당자의 분석 프로젝트에 대한 재미를 반감시키고, 현업 담당자의 참여가 적어지면, 분석 프로젝트는 좋은 결과를 얻기 점점 더 어려워진다.

이런 악순환을 막기 위해 분석 결과는 반드시 현업이 기술적으로 이해되도록 도출하여야 한다. 기술적으로 이해되는 결과란, 어떻게 데이터를 처리했든, 어떤 분석 기법을 통해 결론을 도출했든, 분석 결과를 바라보는 현업의 입장에서 자신이 가지고 있는 기술적 지식을 바탕으로 이해할 수 있도록 표현되어야 한다는 것이다. 설비 고장이나 품질 변화 예측모델을 개발할 때도 어떤 경우에 대해 모델이 고장으로 인지하는지, 어떤 인자의 변화와의 상관관계 변화로 품질 변화가 발생했는지를 명확히 정의하고, 이를 데이터로부터 어떻게 얻어내는지가 현업의 입장에서 명확하게 이해되어야 한다는 것이다. 그렇지 않으면, 가뜩이나 통계적, 분석적 방법에 대해 별로 신뢰를 보이지 않는 사람들에게 분석 결과의 신뢰를 얻어내기가 더욱 어려워진다.

하지만, 모든 분석 프로젝트에서 현업이 기술적으로 이해 가능한 분석 결과를 도출할 수 있는 것은 아니다. 프로젝트 목표 자체가 기술적 의미야 어찌되었든 예측 능력이 좋은 모델을 만들기만 하면 되는 경우도 있고, 이런 경우에는 분석 프로젝트의 결과물이 현업에서 기술적으로 이해할 수 있는 분석 결과를 만들어내는 것은 상당히 어려운 일이다. 하지만, 이런 경우라도 분명히 예측 모델의 예측 결과와 해당 영역에서 발생하는 기술적 현상과의 인과 관계는 반드시 설정해야 한다. 기술적으로 명확하지 않다면, '몇 가지 가정을 바탕으로 이런 결과가 나오는 것이다'라는 정도의 가설이라도 세워둬야 한다.

이런 가설조차 없이 분석가가 만들어낸 예측 모델의 결과를 어떻게 현업으로 하여금 믿도록 만들 수 있을까? 단순히 현업이 믿고 안 믿고를 떠나서, 향후 예측 모델의 검증과 보완을 위해서도 그러한 가설은 반드시 필요하다.

예측 모델 중 예측 적중률 100%인 모델은 없다. 굉장히 이상적인 상황에서 모든 상황이 이론적으로 뒷받침되어 공학적인 방정식으로 예측을 하는 경우라면 예측 적중률이 100%인 경우는 있겠으나, 데이터 분석 결과로 만들어지는 통계적 예측 모델의 경우, 높은 예측 적중률이 있을 뿐 100% 완벽하게 예측할 수 있는 경우는 없다. 그러므로, 한번 개발된 예측 모델은 향후 지속적인 예측 모델의 운영을 통해 검증하고 지속적으로 변화, 발전시켜 나가야 한다. 분석 프로젝트를 통해 예측 모델을 만들고 난 후, 지속적으로 검증, 변화, 발전시켜 나가는 과정이 없다면, 분석 프로젝트는 한 번 진행한 것으로 끝날 것이고, 향후 분석적 방법을 활용한 지속적인 프로세스 혁신을 만들어내는 것은 불가능해진다.

　예측 모델을 검증한다고 할 때, 예측 모델의 검증을 위해 단순히 '예측 결과가 맞았다' 아니면, '예측 결과가 틀렸다'만 따진다고 생각해 보자. 이런 경우 예측 결과가 잘 맞든 그렇지 않든 한 번 만들어진 예측 모델에 대한 발전은 없게 된다. 예측 결과가 맞는다고 판단하면 있는 모델을 지속해서 사용할 것이고, 예측 결과가 잘 안 맞는다고 생각하면, 예측 모델을 폐기할 것이기 때문이다. 사용과 폐기의 중간에서 지속적으로 변화, 발전시키는 과정이 없어지는 것이다. 이렇게 사용 또는 폐기의 양극단으로 치닫지 않고, 지속적으로 변화, 발전시킬 수 있는 토대를 마련하려면 예측 결과가 잘 맞든 그렇지 않든 예측 결과와 현장에서 발생한 현상을 비교 분석할 기준이 필요하다. 앞서 얘기한 기술적 현상과의 인과 관계 또는 가정을 바탕으로 세운 가설이 예측 결과와 현장에서 발생한 현상을 비교 분석할 수 있도록 해 주는 기준이 되는 것이다. 그러기에, 기술적으로 이해가 어려운 예측 모델을 개발하는 프로젝트에서조차 기술적 현상과의 인과 관계나 가설이 중요하며, 이들과 예측 모델의 예측 결과를 지속적으로 비교할 수 있도록 함으로써, 예측 결과가 기술적인 이해도를 높이는 밑거름이 되도록 만들어 주어야 한다.

요약하자면, 모든 분석 프로젝트의 결과물은 현업이 해당 분야의 기술과 접목시켜 이해 가능한 결과여야 하며, 분석 전문가는 분석을 진행하는 초기부터 이점을 고려하여 데이터를 수집, 변환해 분석용 데이터를 만들고, 분석에 사용할 기법을 정해야 한다. 그것이 분석 프로젝트 자체의 성공 여부를 결정할 뿐 아니라, 고객으로 하여금 분석적 방법을 지속적으로 활용할 수 있도록 만드는 원동력이 된다.

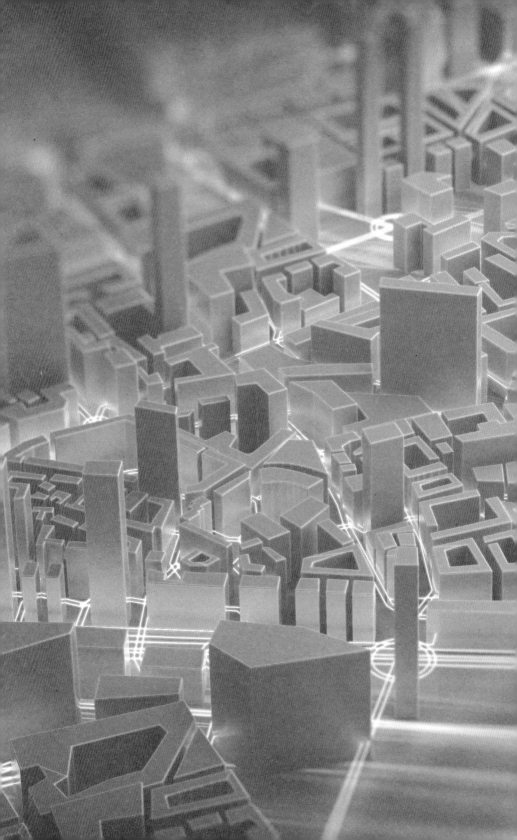

맺음말

　지금까지 빅데이터와 빅데이터 분석, 스마트 팩토리 등 제조업과 관련된 IT 기술 경향과 제조업에서의 빅데이터 분석을 왜 어렵게 느끼게 되는지 원인에 대해 분석하고, 제조 빅데이터 분석의 어려움을 해결해 나간 실제 사례를 바탕으로 어려움을 해결할 수 있는 방안에 대해 고민해 보았으며, 분석적 방법을 활용한 기업 혁신 방법론에 대해 살펴본 후, 분석 프로젝트를 성공적으로 진행하는 방법에 대해 알아보았다.

　21세기는 과히 데이터의 시대이다. 데이터를 지배하는 자가 세계를 지배할 것이라는 말까지 나온다. 이런 데이터 중심의 시대에 과학적으로 움직여야 하는 제조 현장이 데이터를 기반으로 현상을 분석하고, 분석 결과를 바탕으로 의사결정을 내리는 일은 필연적인 일이며, 과거 경험 많은 기술자의 노하우에 의존하여 관리하던 현장은 조만간 없어질 것이라는 것이다.

　이러한 시대를 살아야 하는 우리 기업은 좀 더 많은 종류의 데이터를, 좀 더 세밀한 간격으로 수집하여, 좀 더 다양한 방법으로 분석할 수 있는 인프라와 능력을 갖추어야 한다. 그리고, 이를 운영할 수 있는 능력을 가진 내부 인재를 양성해야 한다. 이것만이 경쟁력을 가진 기업으로 21세기를 선도해 나가는 유일한 길이라 생각한다.